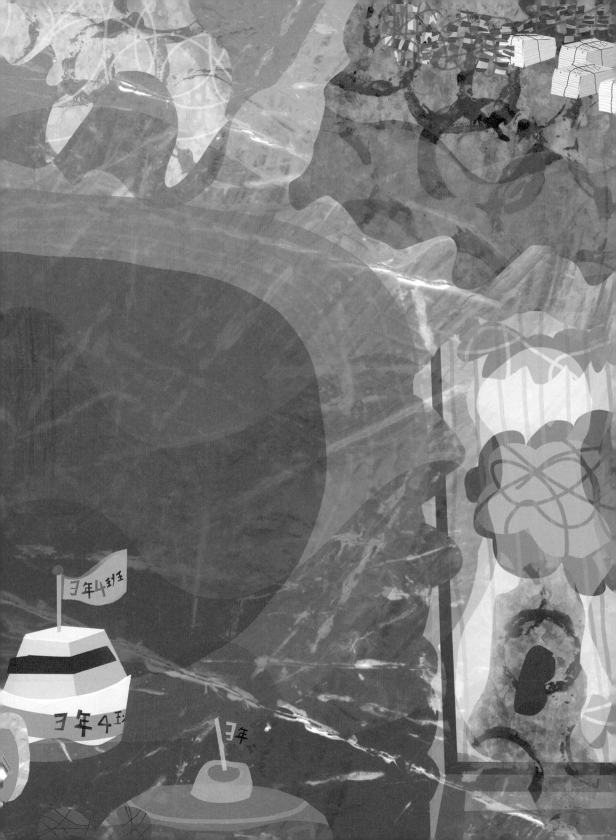

# 航向鯨奇島

李明珊／文　　袁知芃／圖

三民書局

## 送給鯨魚一份愛的禮物

　　該如何描述自己與鯨魚的緣分呢？我想是從一本書開始吧！

　　回溯至大學時代，一日獨自在琴房練琴，一個書商敲門，向我推銷一套得獎繪本。當我打開一本本精裝的硬質封面之際，彷彿打開一個個思想的百寶箱，裡頭文字與圖畫共舞，展現斑斕的色彩與質地，莫名的吸引著我。其中最令我印象深刻的書為──《聽那鯨魚在唱歌》，書中描述小女孩莉莉想和她奶奶一樣，與鯨魚建立起友誼，並聽聽來自海洋的夢幻歌聲，奶奶對莉莉說：「只要真心愛鯨魚，送給鯨魚一份愛的禮物，鯨魚就會送她某種東西當做回報……。」單純而充滿詩意的故事，使我心生嚮往。之後，雖然我從未在海上親耳聽見鯨魚的歌聲，但曾在花蓮外海，瞥見柯維氏鯨的蹤跡；也曾在沖繩外海，目

睹座頭鯨媽媽帶著小孩在海上遨遊的情景，感覺自己與鯨魚的距離似乎不再那麼遙遠。

日子一天天過去，時移境遷，誰也沒能料想到，就在2018年春初之時，我們學校真的來了一隻鯨魚！這隻小抹香鯨擱淺在金山外海，鯨豚保育協會的人員將牠送至我們學校進行救援，於是學校搭了一個臨時救援池在資源回收場的後方。能近距離看到鯨魚游水的模樣，如奇蹟般美好。幾個月後，學校又救援了另一隻糙齒海豚，然而糙齒海豚撐不了一夜就一命嗚呼，解剖後才發現，有一根鐵釘刺穿了牠的胃，消息傳來，大家傷感不已，不勝唏噓！

自小研究哲學、在新冠肺炎防疫期間成功推動口罩地圖的政務委員唐鳳，表示自己不吃有脊椎的動物，因為她認為這些動物是有意識的，她不想造成牠們的痛苦。英國作家 E. B. 懷特所寫的《夏綠蒂的網》，是我非常

喜歡的童書之一。書中描述一隻小豬韋伯即將被農場主人宰殺，他充滿了恐懼，而夏綠蒂只是一隻小小的蜘蛛，卻用盡她所有的力量，成功拯救韋伯，同時也彰顯了彼此存在的價值。近年疾病與環境災害接連不斷，我們急需以內在慈悲的光，去溫暖照拂這個世界。

　　「拯救鯨魚？這還不夠，讓鯨魚來拯救我們吧。」這本書是以來到學校的鯨魚為靈感，發展而成的故事，也是我送給鯨魚朋友的一份愛的禮物。親愛的讀者，你們想送給鯨魚什麼樣愛的禮物呢？

# 目　錄

## 01

# 鯨奇來了

嘿！叫我大宇吧！

學校後門小巷內的那一間矮房子就是我的家，離學校只有短短的五十幾步路，不過我的遲到紀錄卻常常成為同學們的笑柄。媽媽常說：「大宇，再短的路都會被你走得很長！」因為我喜歡邊走邊玩耍。

每天早上太陽一出來，我的影子總是被拉得比瘦瘦矮矮的身體還長，像熱熱的燒餅裡夾的那根油條。有時

我會故意扭來扭去，我的影子也隨著我做的奇怪動作而變來變去，像在變魔術，書包上的肩帶也因此扭得像麻花一樣。

像今天，我在路上低著頭，縮著兩隻手半蹲，我的影子就變成了一隻小烏龜！當我和我的小烏龜一步一步「爬」進教室時，班上話最多、總是被老師稱作「調皮鬼」的奕元迫不及待的跑來告訴我：

「大宇，昨天我們學校來了一隻小抹香鯨喔！」

「別騙了！怎麼可能！」

「我才沒騙你，我媽媽昨晚看到了新聞報導。這隻小抹香鯨擱淺在北部的海邊，好像受傷了，如果我亂說，欠你十張遊戲卡！」奕元說得一

臉正經，看起來不像是在編故事。

「抹香鯨那麼大，怎麼可能進來學校？」班長其愷一臉懷疑的說。

「難道要把牠放在學校的游泳池裡？那我們不就可以和鯨魚一起游泳了！」子潔也加入討論。

「就跟你們說是『小』抹香鯨嘛！牠應該不會很大隻，聽說學校搭了一個臨時的救援池，牠現在就在那裡！」奕元越說越激動，白白圓圓的臉蛋皺成了一顆大包子。

「如果學校裡有一隻抹香鯨，那我家就來了一隻暴龍！」小星高聲的說，全班聽了哈哈大笑。看到大家都不相信，奕元顯得很不高興。唉！誰叫他平時閒閒沒事就愛亂吹牛。

同學們開始七嘴八舌的討論這件

事，教室裡一片鬧哄哄的。

　　直到各班整隊到操場升旗，校長站上司令臺跟全校同學宣布：「昨天傍晚本校來了一位『重量級』的貴客——一隻小抹香鯨，感謝鯨豚保育協會的協助，立刻在籃球場後方的資源回收場搭了一座救援池，牠有輕微的脫水現象和擦傷，不過目前這些狀況已稍稍好轉，今天每個班級都可以輪流排隊去看看這隻可愛的小抹香鯨。」

　　聽完校長說的話，我興奮得快暈倒了！沒想到我們學校真的來了一隻鯨魚！我從來沒有看過鯨魚，究竟小抹香鯨長什麼樣子呢？他真的很「小」嗎？為什麼會來到我們學校呢？我真想現在就衝去看小鯨魚。

　　一整個早上，我坐也不是，站也不是（平時我上課就不專心，今天更不專心了，坐沒多久就被老師叫起來站著反省）。有時我的眼神會飄向窗外，期待黑板樹後方的幾朵雲，爬升到天空，變成一隻鯨魚；有時我會偷偷畫我自製的遊戲卡，今天的進度是完成「寶物卡」，但我滿腦子都是鯨魚的影子。什麼數學的二位乘法啦，國語的〈笨鵝阿皮〉啦，這些通通不重要，重要的是我們的老師大人到底什麼時候才會帶大家去看「鯨奇」啦！（這是我剛才偷偷幫小抹香鯨取好的名字，因為他太令我感到「驚奇」了！）

　　終於熬到第四節課，老師真的要帶我們去看鯨奇了！我們來到川堂邊的籃球場排隊。老師再三告誡我們排

隊時要保持安靜，不可嬉鬧，否則會喪失看小抹香鯨的權利；我趕快拉上嘴巴的拉鍊，忍著不說話，只是抖啊抖的雙腳完全洩漏了我雀躍的心情。但奕元一丁點也忍不住，跟後面的小星玩起「黑白猜」，小星眼尖，一發現老師正在看自己，馬上收起他的拳頭，而奕元卻無法停止「出擊」，果然被鐵面無私的老師叫回教室去面壁思過，真的好可憐喔。

　　等啊等，等啊等，好不容易輪到我們了！一位戴眼鏡的叔叔走了出來，他說自己是鯨豚保育協會的指導員，綽號「鯨魚哥哥」，並提醒我們保持安靜，因為小抹香鯨對聲音很敏感，容易受到驚嚇。鯨魚哥哥還說進去觀察鯨魚時，因為不能說話，所以

他會比動作告訴我們小抹香鯨在做什麼：例如，比三角形就是背鰭露出來了，頭出現時則是會畫ㄇ，指耳朵是牠在呼吸，而比雙手是尾巴在跟你打招呼……。我屏住呼吸，走進搭建救援池的地方，鯨魚哥哥指示我們站上一旁的臺子觀看。

　　我真的看到鯨奇了！感覺鯨奇也看到了我，當他圓圓的眼睛望向我時，有一道奇異的電流竄入我全身！鯨奇比我想像中小一些，大約兩公尺長，他露出灰黑色的背，在水池裡游了起來；只是他游得好慢好慢，當我

聽到他的呼吸聲時，開心得不得了了。游了兩圈後，鯨奇竟然游到我正前方，舉起尾鰭跟我打招呼。沒錯！他確實是在跟我打招呼，而且我相信他只跟我一個人打招呼，我還看到了他的臉，激動得我一顆心都快從胸口跳出來了！他繼續游著，一些紅色的液體在池水中蔓延開來，難道他的傷口流血了嗎？

　　短短看了五分鐘，老師示意我們離開，因為有很多班級等著要進來，大家心不甘情不願的拖著蝸牛般的腳步走回教室。

　　回到教室，老師看了一眼嘟著嘴巴的奕元，安慰他：「真可惜，以後要遵守規定！下次請你爸爸帶你去賞鯨，你還是有機會看到小抹香鯨的。」

　　「哼！有什麼了不起！我寧可讓爸爸帶我去冰淇淋店吃香蕉船，也不想坐賞鯨船，那會讓我暈船想吐！」坐在我旁邊的奕元垮著一張臉說。

　　「不知道各位同學看完小抹香鯨之後，有什麼感受呢？」老師看著奕元皺了一下眉頭，轉頭問大家。

　　「老師，小抹香鯨為什麼叫做小抹香鯨？牠身上有抹香水嗎？可是我怎麼沒聞到牠的香水味？」其愷問。

　　「老師，小抹香鯨為什麼會流那麼多血？」我問。

　　「老師，小抹香鯨為什麼會擱淺？」格偉問。

「老師，小抹香鯨的爸爸媽媽在哪裡呢？」小星問。

「老師，小抹香鯨會跳舞嗎？」恬恬問。

同學們接二連三的問了老師許多奇奇怪怪的問題，老師被問得頭昏腦脹，要大家先回去查資料、閱讀相關書籍，找找這些問題的答案，找到答案的同學明天有小獎品可以拿。

放學後，我一如往常，在學校對面的飲料店買了老闆的招牌飲品：珍珠堅果奶。走在回家的路上，我發現在異常炎熱的天氣下，冰塊也特別的脆弱，沒多久就融化了，真不喜歡這種快速融化的感覺。而我滿腹的疑問則像我不停攪拌、用吸管用力吸上來的粉圓，一個個爭相浮現：「鯨奇的家在哪裡呢？」「他平常都吃些什麼食

物？」「他有要好的朋友嗎？」「鯨奇的敵人又是誰？」我不斷的回想起今天看到鯨奇的畫面，差點就走過頭了。記得老師曾說：「大禹治水，三過家門而不入。」我想為了鯨奇我也可以這樣，因為我打從心底覺得他是我一位很要好的朋友。我真的好想再多看他一眼……，對了，鯨奇的眼睛實在是太可愛了，像兩顆閃著亮光的黑色鈕扣，彷彿能望向很遠很遠的地方。

　　一回到家，我立刻上網查了許多有關小抹香鯨的資料，才知道原來從鯨奇身上流出的鏽紅色液體不是血，而是因為小抹香鯨天性害羞、不活躍，緊張時就會噴出腸液來保護自己。看到這裡，我心上的一塊大石頭放了下來，我相信鯨奇只是受了點輕傷，一定能夠很快復原的。

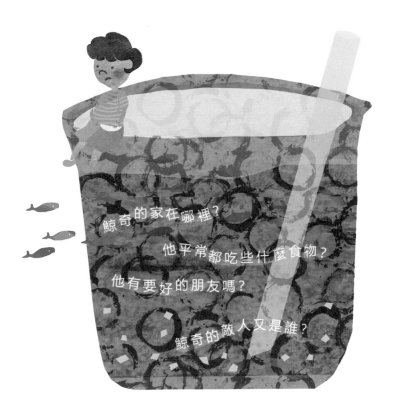

鯨奇的家在哪裡？

他平常都吃些什麼食物？

他有要好的朋友嗎？

鯨奇的敵人又是誰？

## 小抹香鯨

我是小抹香鯨。

我的名字又叫做短頭抹香鯨，也可以稱小卡切拉特鯨。我的個性文靜內向，喜歡自己安安靜靜的躲在大海裡，通常跟我一起玩耍出遊的朋友，只有少數幾隻而已。我跟侏儒抹香鯨很相像，只是我的背鰭長得比較後面、比較小。但是請別看我個頭小小的，我可是出了名的緊張「大」師，所以，請好好愛護我，千萬千萬不要嚇到我喔！

我還有很多心底話想告訴你們，我會找個時機向你們慢慢訴說的。

## 02
# 我 是 船 長

　　第二天，當我滿懷期待想再去看鯨奇時，老師說今天小抹香鯨需要好好靜養，暫時不能「接見客人」。看到大家無比失望的表情，老師宣布今天綜合課要來上點不一樣的課程，除了關於小抹香鯨的有獎徵答之外，還有一個小小的體驗活動。

　　今天有獎徵答的題目就是：「小抹香鯨為什麼會擱淺？」

　　「是因為牠們迷路了！」格偉首先

搶答。

「是因為風浪太大嗎？」恬恬只是猜測而已。

「我想是因為體力不支吧！」其愷反駁道。

「也有可能是為了尋找食物，誤闖沙灘才會擱淺的。」小星不疾不徐的回答。

「我推測所有的鯨魚都是因為生病才擱淺的！」我們班的模範生世伯斬釘截鐵的說。

「我看牠是想自殺吧！」我覺得奕元在故意唱反調。

對於這題，我沒什麼把握，所以只好保持沉默。

「除了奕元的答案老師比較不確定之外，其他同學答得都對。鯨魚擱淺的原因有很多，又可分為自然與人

為的原因，我們可以再找時間做深入研究。」

老師一說完，獎勵答對的同學每人一顆曼陀珠。這個獎品果真很小，不過同學們含在嘴裡，各個笑得甜滋滋的，眼睛都瞇成一條縫了！

接著，就是老師自己設計的體驗活動了。

老師拿了一張長長的藍色書面紙，她說這張紙代表海洋，還用色紙摺了一隻灰色小鯨魚，將它放在紙的上面。

「徵求兩位同學上臺！」就在我猶豫的時候，格偉和小星率先舉手了。

「來，你們一人拉一邊，格偉這邊代表梧棲港，小星這邊代表外傘頂洲，現在你們要想辦法讓小鯨魚從梧棲港順利『游』到外傘頂洲。」

只見到格偉和小星抖動著書面紙，沒兩三下，小鯨魚就被「摔」出海洋了。

「一點五秒，失敗！」老師說。

接著換另外兩位女生，雨雙與子潔，她們兩個一個半蹲，一個站著，穩穩當當的讓小鯨魚一路滑行到外傘頂洲。

「二點三秒，成功！」老師說。

老師又拿出另一張有好幾個破洞的書面紙，她說這些坑洞代表的是小

鯨魚一路上可能遇到的危險，有可能是消波塊、離岸風機，也有可能是海洋垃圾，或是工業區等等。

「誰要來挑戰看看？」我和恬恬不約而同的舉手了。

我長得矮小，恬恬長得瘦高，我根本不用半蹲，小鯨魚自然能夠「順流而下」。但是，這一路上的「障礙」太多，小鯨魚沒過多久，再度摔了出去。

「四點七秒，失敗！」老師說。

　　我的心往下一沉，恍然間，好像明白了什麼。我想鯨奇之所以會擱淺，一定是因為一路上遇到許多意想不到的困難與障礙。

　　「有許多擱淺的鯨魚，在死亡之後，肚子被剖開來一看，裡頭居然有許多塑膠垃圾！我們一起來想想，自己是否曾經做了什麼傷害海洋的事，再想一想，我們還可以做些什麼？」老師深深吸了一口氣，語重心長的對我們說。

　　「其實，我們每個人都可以跟鯨魚許下約定，像老師跟鯨魚的約定是：『不再用塑膠吸管。』直到現在，我都遵守著這個約定。想一想，你跟鯨魚的約定是什麼？」老師問我們。

　　「對啊！我跟鯨奇之間也可以有個約定，我來想一想……」老師的這

些話鑽進了我的心底，小小的希望像一群小小的氣泡，悄悄的在我心底深處的那片海洋向上飄啊飄……。

　　這天晚上，我做了好多夢。那些彩色的夢像是從鯨奇的一雙黑眼睛投射出來一般，而就在我聽到他那「轟轟轟」的呼吸聲時，我倏地從夜半夢中驚醒，然後就再也睡不著覺了。我躺在床上翻來覆去，想著想著，腦子靈光一閃，我爬下了床，從書櫃的抽屜中拿出平時賞鳥用的望遠鏡。我輕輕的打開紗窗，將望遠鏡伸了出去，努力尋找著鯨奇的身影。

　　我不斷的調整望遠鏡的角度和倍數，望向學校操場邊資源回收場的方向，沒想到映入眼簾的竟然是一望無

際的海洋！霧般的月光灑在海面上，像是一顆顆晶瑩剔透的小珍珠在浪裡滾動發亮。這究竟是怎麼一回事？我揉了揉眼睛，想再看清楚一點，剎那間，一道海水從窗口流洩進來，一陣陣冰冷浮上我的雙腳，水位越升越高、越升越高，海浪將我高高捲起，捲向那一片深藍色的大海。

　　我簡直不敢相信自己的眼睛。我們的大操場變成了一片汪洋大海！一間間教室變成了一艘艘船，船在風浪裡搖搖晃晃！往前望去，司令臺變成了遠方的一片沙洲，操場周圍的樹一棵棵沉入了海底，原本站在樹梢的小麻雀，離開枝頭

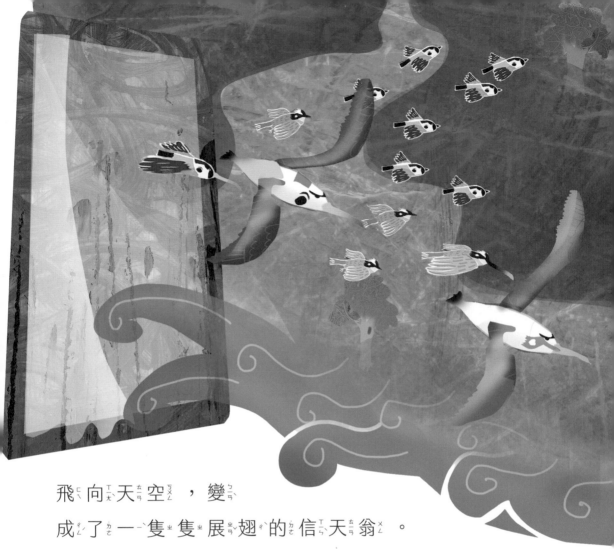

飛向天空，變成了一隻隻展翅的信天翁。

我抓住了眼前漂過來的一個救生圈，隨著滔滔海浪在漫漫的月光裡載浮載沉。一艘艘船像在排隊，有的是竹筏，有的是橡皮艇，有的是軍艦，有的是快艇，有的是帆船，有的是獨木舟，有的是遊艇……，每艘船上面

都插著一根旗子，旗子上寫著班級名稱，閃著忽明忽滅的燈火。我看到一艘標示著三年四班的遊艇，就在前方不遠處。「那是我們班的船！」我趕忙游了過去，爬上遊艇。

整艘遊艇空蕩蕩的，只有我孤零零一個人。

望向沒有盡頭的遠方，我鼓起勇氣，在心裡大聲告訴我自己：

「嘿！我是船長！」

# 海洋觀測站

## 抹香鯨

我是抹香鯨。

我的族群是世界上最大的齒鯨，也是大海裡有名的潛水高手，我們和小抹香鯨是不同種類的鯨魚。最近我的許多朋友陸陸續續擱淺了，真令人難過。你或許會好奇大家為什麼會擱淺？造成擱淺的原因很多，大致可劃分成自然與人為兩種因素：

### 自然因素

◆ 因為地形混淆或遭遇暴風雨而無法辨識方向。

◆ 寄生蟲或是身體的其他疾病，所造成的身體不舒服。

◆ 為了互相救助、支援而造成群體擱淺。

---

## 人為因素

◆ 工業廢棄物及海洋垃圾使身體毒素累積，或是吃到有毒物質而生病。

◆ 遭人類用漁網及標槍捕殺，因為受傷而無法正常游行。

◆ 因為聽覺極為敏感，為了躲避海軍的軍用聲納而擱淺。

　　我們不懂的是，一直想和人類當朋友的我們，為何反而常常被人類傷害？

## 03

# 海底火山圖書館
## （上）

海浪一層比一層高，一波波海浪之中的船，就像遊樂園裡的旋轉木馬，一高一低的隨著海浪聲此起彼落；又像是衝來衝去的碰碰車，只要一個不小心，兩艘船就很可能會撞在一起。

我戰戰兢兢的站在船上，張開雙手保持平衡，一步一步走向駕駛艙，我想開著這艘遊艇去尋找我思念的鯨奇。駕駛艙裡的方向盤旁邊，貼著一

張操作說明書，上面寫著：

「方向盤的旁邊有一個長方形的凹洞，你必須找到跟它形狀一樣的鑰匙，嵌入洞中，才能啟動這艘遊艇。」

不會吧！在茫茫大海裡要我去哪裡找這種鑰匙？我左思右想，最後想到了圖書館。老師說圖書館是知識的寶庫，或許我能在書裡找到答案。

我跳下了遊艇，往東游向操場東邊的校園圖書館。我游啊游，卻怎麼也找不到圖書館，只看到一座露出頭來的小山，小山頂有一個洞口。我從洞口往下一探，發現這座山是空心的，但裡頭深不見底。

「嗨！你好，我叫曼曼。歡迎光臨海底火山圖書館，我是這裡的管理員。想潛進去裡面探險嗎？」一隻細細長長的海鰻從洞口游了出來，張開小

小的嘴巴對我說。

　　海底火山圖書館？這是什麼樣的圖書館啊？

　　「想是想，但是我不會潛水……」我遲疑了一下，納悶的對曼曼說。

　　「別擔心，我可以當你的『潛水腰帶』啊！」

　　曼曼頂開我身上的救生圈，再用他的身體纏繞住我的腰，「一、二、三！」仔細的纏了三圈後，他要我游進洞口裡。我從洞口潛入了這座火山，山裡面的海洋像是倒過來的天空，閃耀著紅色的微光，而纏上潛水腰帶的我，居然真的可以在這裡自由自在的呼吸呢！

　　「書呢？書在哪裡呀？」我問腰間的曼曼。

「張大眼睛看，這裡滿滿都是書啊！在海底火山圖書館裡，一隻魚就是一本書，我每天都在讀這些書，累積了不少智慧呢！」曼曼舉起他的尾巴，為我指路:「這裡是海底火山的最上層，也是圖書館的一樓:『知識區』。」

一群沙丁魚從我們身邊游過，在陽光的照耀下像流星雨般閃閃發光。一隻隻彩

色的錦魚

緊緊的跟在我們後

面，不停的擺動身體，看

來跟我一樣活潑好動。還有好

多我叫不出名字的魚，他們身

上一枚枚的鱗片，組合成流動的影

像，在我身旁嬉戲。

　　「這些影像裡有他們的成長歷史

及生活情況，只要你靜下心來好好閱

讀，就可以得到許多海洋知識。」

　　接著，我們沿著一個螺旋通道，

往下游去。

　　「這是圖書館的二樓：『互動

區』。」曼曼說。

　　這裡有一片又一片的沙地，沙地上有許多水草，一群一群小魚在水草間穿梭來去。

　　我看到一隻豔麗的蝴蝶魚游了過來，身旁的小魚們立刻驚嚇得一哄而散，有的鑽進泥沙裡，有的躲在水草背後，像是在玩刺激的鬼抓人一樣。

　　有幾隻比目魚，貼臥在貝殼組合成的表演臺上，訴說著海洋中各個族群流傳的故事。而底下的聽眾，每聽完一個故事，就會輪流發問，大都是關於如何跟不同族群相處的問題。

　　「他們是海底最棒的『說書人』，這可是所有到過這座圖書館的

讀者們一起票選出來的喔！」曼曼提高了聲調說。

「為什麼他們能高票當選啊？」我好奇的問。

「在好久好久以前，比目魚的兩隻眼睛就長在同一邊了，他們會把沒有眼睛的那面貼在海底，而兩隻眼睛的那面朝上，如此就能將整個海洋盡收眼底。」聽曼曼這麼說，我不禁睜大我的雙眼瞪著比目魚的兩隻眼睛。

「比目魚還有一個綽號叫做『海底變色龍』，他們平常靜臥在海底的時候，有時可以看到整尾魚的輪廓，但是如果他們抖動身體揚起砂石來蓋

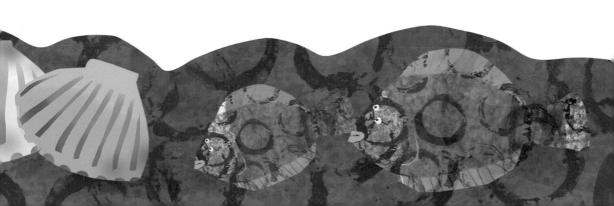

住自己，只露出兩隻眼睛在砂土上，保證你是找不到他的喔！」曼曼不愧是圖書館管理員，看來他對這裡的每本「書」都挺清楚的。他清了清喉嚨繼續說：

「也因為比目魚有這種『隱形術』，所以他們能夠知道很多大家不曾發現的祕密，加上能以不同的角度看事情，以及將八卦消息編成故事，講給他們的小孩聽，這些故事就這樣一代一代流傳下去。稱他們是說故事高手中的高手，一點也不為過！」

「感覺真有趣，我也好想找個時間來聽比目魚說故事……」說著說著，我們繼續往下游去，通過螺旋通道，我們來到了有許多大大小小石頭排列的地方。

「這裡是圖書館的三樓：『生態

區』。」曼曼說。

「這些石頭可不是普通的石頭，有的是熔岩，有的是琥珀，還有些是水晶等等許多種類哦！」曼曼說得眉飛色舞。

我隨著曼曼的引領游進石頭群裡，看見兩旁許多的藻類附生在石頭上面，這些藻類不時會冒出一些氧氣泡泡，一個個泡泡分別飄往不同的海洋動物頭上，頭上頂著泡泡的小動物們像是戴了皇冠一樣，笑嘻嘻的游到一片熔岩上方。這片熔岩像是被擠出來的牙膏，鋪成一條彎彎的小路，一群小海星排在小路兩旁，將星星的光芒映射到小動物們的身上，同時也溫暖了四周的空氣。

「被氧氣泡泡選中的小動物，就是『每日精選』，即當天被選出來的好書，他們能夠呼吸到這裡最新鮮的空氣。這些小動物因為當天的思想與行為都很高尚，才會被選上，好讓其他小動物來閱讀與欣賞。」

「啊！我知道了，就像是我們班上被選出來的模範生一樣！」

「是的，海底火山圖書館裡的模範生，不光有知識，還知道如何跟大家相處，也能夠適應與愛護環境。不過，近年來因為海裡的光線、溫度、洋流等等都起了很大的變化，加上各式各樣的汙染，使這裡的生態變得不平衡，能提供的氧氣也越來越少了。」

聽曼曼這麼一說，我想起了老師曾給我們看一張北極熊站在融冰上的照片，還提到「氣候變遷」將導致嚴

重的後果，我不禁擔心這裡的小動物們也將遭受一些意想不到的災害。

「對了，獲頒『每日精選』的『好書』，還可以得到一項獎勵。」

「什麼獎勵？」

「泡海底溫泉一次！」

曼曼帶我游到一個煙霧繚繞的地方，那裡有一個又一個圓形的池子，每個池子都冒著熱氣，一股硫磺味撲鼻而來。

「沒想到海底也有溫泉可以泡，真是太酷了！」我也好想跳進池子裡去泡泡溫泉，如果有一天我也能成為「每日精選」就好了。

## 海底溫泉

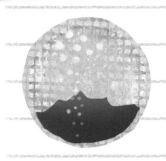

我是海底溫泉。

應該很少有人不喜歡能讓你在寒冷的冬天裡，感到熱呼呼、暖洋洋的海底溫泉吧！我是怎麼形成的呢？當海水或地下水受到火山岩地熱加熱，而後湧出形成的泉水，即是海底溫泉。這也是後火山作用的象徵喔！

目前全世界只有三處海底溫泉，除了義大利和日本，第三個地點便是在臺灣的綠島，相當稀有且珍貴。綠島的海底溫泉，因為面朝日出方向而被稱作「朝日溫泉」。朝日溫泉聞起來有淡淡的海水味，浸泡後不滑膩也不黏

澀，對於腸胃疾病及皮膚病也有正面效果。誠摯推薦大家找個時間到綠島泡泡海底溫泉，相信一定會有很不一樣的感受呢！

# 04
## 海底火山圖書館
## （下）

　　曼曼又帶著我往下游去，這次出了螺旋通道後，出現在我們眼前的是一整片珊瑚礁。

　　「這裡是圖書館的四樓：『資料更新區』。」曼曼說。

　　這珊瑚礁看起來很特別，橫的看，像是分岔的衣架；直的看，像是層疊的書櫃。一隻隻彩色的小丑魚在裡頭自在的穿梭，那礁岩就像是一本本書的家。

　　「珊瑚是目前海底火山圖書館裡活得最久的生物了，珊瑚礁那裡不但是全館最熱鬧的地方，也是非常重要的數位資料庫！」

　　「怎麼說？」

　　「每當有魚游過那裡，他們身上就會發出一道微微的光束，旋轉的光束傳輸著這隻魚想發送的訊息，這時珊瑚會發出『叮鈴鈴』的細碎聲響，來捕捉這些訊息，並將之儲存入他們的記憶體——也就是自己的骨骼裡。」曼曼舞動著身體說。

　　「那我要怎麼才能讀到訊息呢？」

　　「有些訊息可以公開，珊瑚會在每天的傍晚，將這些訊息投射到圖書館的開放空間，就像在播放立體電影，供大家觀看與思考；有些訊息不能公開，只有當你正式註冊成為這裡的會員後，才能借閱。」曼曼說到這裡，抬頭直直望進我的眼底。

　　「我很想註冊成為會員，不過要怎麼做呢？」

　　「很簡單，你游近珊瑚，並用心

凝視著他。」

　　我目不轉睛的凝視著珊瑚好一陣子，感覺額頭癢癢又熱熱的，接著珊瑚發出了「噹！」的一聲，一股熟悉的電流竄入我的腦海，這時整座圖書館突然震動了起來。

　　「地震了！海底怎麼會地震啊！」我嚇得哇哇大叫，不知該往哪裡逃。

　　「別緊張，這只是火山噴發的前兆，你別忘了，這裡可是海底火山圖書館。」曼曼一臉淡定，繼續往下說：「海洋的歷史非常悠久，她同時也蘊藏著龐大的能量。而這裡的海洋居民也各有各的生物磁場，但大家並非一直都是和平共處的，他們也曾互相爭吵、搶地盤；像上次，我們的說書人和攝影師就因為意見不合吵了起來。」

　　「這裡還有攝影師？」強烈的好奇

心讓我暫時忘記了害怕，忍不住繼續追問。

「我們的攝影師，也就是『怪方蟹』，在圖書館裡負責照相和攝影。當他們舉起兩隻像剪刀一樣的大螯，『喀擦』一聲！海底的人事物就被照相或錄影起來了，這些紀錄會隨後再傳送到珊瑚的資料庫裡。」

「那他們究竟是為了什麼事情而吵架啊？」

「有一次，怪方蟹抱怨比目魚的說書內容與他們所拍到的景物相差太多，而比目魚認為說故事就是要精彩生動，反過來批評怪方蟹的照片拍得死板板太過無趣，兩方就這樣吵了起來，還差點大打出手呢！」曼曼嘆了口氣接著說：「從此，海底的小動物們分成兩派，一派支持說書人，一派支持

攝影師，天天爭吵不休……」

我聽著聽著，不禁皺起了眉頭。

「最後我只好請我們的圖書館館長出面解決，館長邀請他們開了一次又一次的會議。通過不斷的對話、溝通與交流，他們有了不同的思考，連帶著生物磁場也產生了一些改變，並且開展出新的概念和行為，最後大家終於握手言和了！海水裡的能量也因此重新組合，造成了海底的震動，接著就會引起海底火山的噴發。」

「火山噴發？好恐怖！」

「但是火山每噴發一次，我們的海洋就會被淨化一次，也同時更新、升級一次哦！」

「聽起來好深奧啊！」我似懂非懂的搔了搔腦袋，只能在水裡跟著所有的海洋生物一起不停的「發抖」。

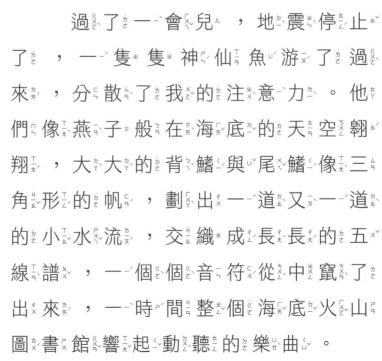

　　過了一會兒，地震停止了，一隻隻神仙魚游了過來，分散了我的注意力。他們像燕子般在海底的天空翱翔，大大的背鰭與尾鰭像三角形的帆，劃出一道又一道的小水流，交織成長長的五線譜，一個個音符從中竄了出來，一時間整個海底火山圖書館響起動聽的樂曲。

正當我陶醉在美妙的海底音樂會裡，一隻透明的不知名水母漂到了我的眼前，定睛一看，竟然是一個塑膠袋。

「小心！近年來，這種『怪怪水母』越來越多了！」曼曼大聲尖叫。

美妙的音樂瞬間被曼曼的尖叫聲打斷了。

「唉！真殺風景！」我無奈的說。

「對了，這裡難道沒有一本真正『像樣』的書嗎？」我想起了我來這裡的目的。

「像什麼樣的書？」曼曼問。

「就是裡面有像密密麻麻的螞蟻那樣文字的書啊！」我說。

「你說的那種書我倒是沒見過。不過我曾在深海中看到一座被水淹沒

的城市，那裡頭有人類的東西，或許也會有你想看的書吧。」

「在哪裡？帶我去好嗎？」

「不過那座城沉在很深很深的海底，恐怕要潛泳很久才看得到，而且深海裡非常危險，你真的可以嗎？」

「我想……我可以的。」我猶豫了一下說。為了再次見到鯨奇，我想我有勇氣做很多事。

「好吧，我帶你去。」在腰間的曼曼開始不斷的指示我方向，當我游累了，就停靠在藻類鋪成的懶骨頭上休息，懸浮在海中的懶骨頭，宛如一隻隻小綿羊般鬆鬆軟軟，躺下去好舒服啊！休息夠了，又繼續往下游去，最後我們照例通過一個螺旋通道，進入了深海。

「這裡就是圖書館的五樓，也是最後一個樓層了，叫做『遠古神祕區』。這個區域又深又廣，沒有盡頭，不易管理，因此我很少到這裡來。」來到這裡，曼曼的聲音變得很低沉，看來他好像不太能適應這裡的環境。

游啊游，越進入深海，那些魚類的長相就越奇怪。

有一種小型的海蝸牛，浮在海中，用他像翅膀一樣的腳游泳；還有一種水滴魚，肥肥胖胖的，長相跟人臉有點相似，看起來很憂鬱，曼曼說他又叫做憂傷魚。這時，有一隻出奇豔麗的海蜘蛛從我們身旁游過，他和陸地上的蜘蛛黑寡婦很像，十分嚇人！我還看到

一種魚，他大大的頭是透明的，曼曼告訴我在他頭部外面的那兩顆不是眼睛，裡頭那兩顆綠綠圓圓的才是，並且補充說道他的名字是管眼魚。我猜想大概因為深海裡沒什麼光線，很多魚都靠自己發光。

突然，我瞥見一隻長得很邪惡的生物，他的頭尖尖的，看起來就像巫婆長長的鼻子，還有著釘狀的牙齒。要命的是，他正朝著我們的方向，火速衝過來！

「不！快溜！那是殺手級的尖吻鮫！」曼曼大聲警告我，用力的搖著頭，聲音裡充滿了恐懼。

媽呀！我才不想被他「吻」上呢！我拚了命的游開，但是這隻尖吻鮫速度飛快，眼看我就要被他追上

了，說時遲那時快，一隻深海烏賊從一旁出現，只見他用力一噴，噴出的卻不是黑黑的墨汁，而是一堆黏黏像果凍的粉紅色液體，把尖吻鮫整隻包覆住了，讓他動彈不得。

「館長之前交代我要好好保護最近到來的訪客，你們快走吧！」烏賊睜著圓滾滾的眼睛，盯著我們說。

「這種果凍黏性不強，而且很快就會融化。海越深，危險越多，我們還是回去吧！」曼曼趕忙附和。

我實在不想就此打住，除了很想見到那座神祕的海底沉城外，或許還會在那裡發現什麼奇特的寶物也說不定。但是我可以感覺到腰間的曼曼此時不停的發抖，似乎非常害怕。

「我們快走吧，我可不想就這麼被吃掉啊！」聽到曼曼這麼說，雖然覺

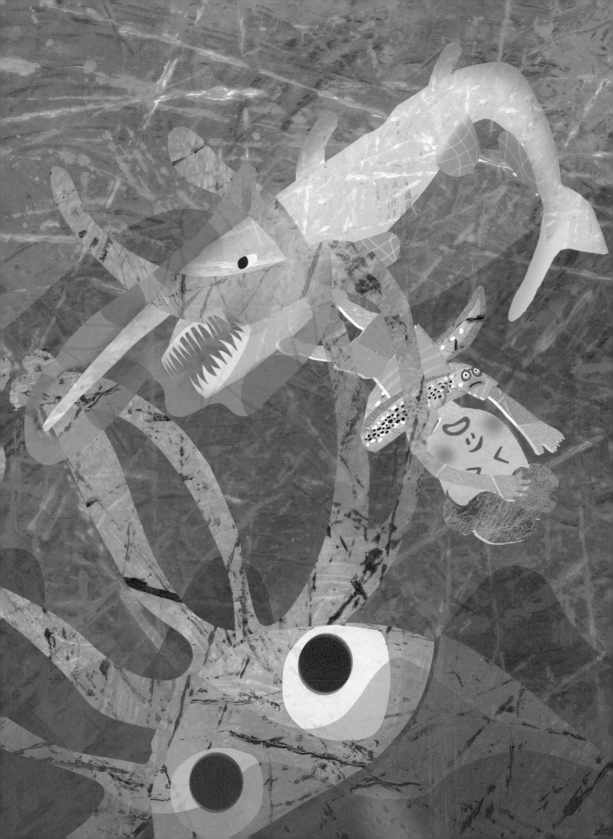

得很可惜，我還是轉了一個方向，打算游回去。可游到一半，我突然覺得好累，才驚覺自己幾乎已經沒半點力氣了，只能隨水流左漂右盪。

而曼曼東張西望，不知道在找尋什麼東西。

「我在想，或許有些『書』可以載我們一程。」曼曼說。

「書？」我不解的問。

「我不是說過這裡的每一隻魚都是一本書嗎？」曼曼一臉嚴肅的說。

一隻隻長相奇特的深海魚類相繼游過我們的身邊，而就在一隻大大的章魚游過之時，曼曼開口了：

「嗨！大餅，搭個便車好嗎？」

「當然好哇！」大章魚爽快的點了點頭。

「這種章魚長得很像『小飛象章

魚』，但他的體型大很多，張開鰭以後就像一張大大的烙餅，所以才叫做『大餅』。上去吧！抱住他像大耳朵般的鰭，讓他載我們一程。」

## 小飛象章魚

我是小飛象章魚。

偷偷告訴你，我們的祖先在恐龍出現在地球之前就已經存在了。跟其他的章魚不太一樣，我們並沒有墨囊。

由於生活在深海裡，所以我們的血液跟你們不同，是藍色而非紅色，這是因為裡面含的金屬元素是銅，不是鐵。聽說在地球上，以前的貴族被稱為「藍血人」，你也可以把我們當成貴族來看待哦！還有深海裡的壓力很大，所以我們的身體相當柔軟，這樣才能承受壓力。大家也別忘

了要柔軟啊。

　　另外，我們有三顆心臟，可以送你三倍的愛心；我們還有八隻手爪，可以送你八倍的善意。在我們心目中，你們和我們一樣可愛呢！

## 05

# 離家出走的字

「時候不早了，我想我該回去管理圖書館了。」當大餅護送我到海底火山口的時候，曼曼這麼對我說。

「雖然沒找到我要的書，但還是十分謝謝你們的幫忙。」我說。

大餅用八隻爪子給我一個黏呼呼的擁抱後說：「不客氣，我也該回深海裡的『飛象城堡』了！」接著便快速的潛入了深海裡。

曼曼隨著我游出海底火山口之

後，從我的腰間鬆脫，對我甩了甩長長的尾巴，說了一聲再見，就一頭鑽回了海底火山。

　　我再度爬上三年四班的遊艇，盯著駕駛艙的鑰匙孔發呆，無奈的跟著船身漂來盪去，任由一波波海浪向遊艇湧來。我走出駕駛艙，望向遠方，炙熱的陽光將我的皮膚晒得發燙，而我什麼事也不能做，悶得發慌，只能在甲板上走來走去。就這樣不知過了多久，我開始覺得頭暈，想要嘔吐……，只能無力的躺在甲板上，接著便昏昏沉沉的睡去。


　　當我醒來時，一顆大大的太陽就要從海平面落下，我才驚覺一天即將結束了。

就在太陽這顆軟蛋黃要整個沉入蒸騰的大海之際，「碰！」海面傳來一聲巨響，一股氣流從海底火山口噴發了出來！

「海底火山真的噴發了！」我忽然想起之前和曼曼那一番「有關能量重組與聚合」的深奧對話。

緊接著，一本一本的書伴隨著大大小小的碎石頭，從火山口噴射到天空雲朵堆疊的棉堡裡，再呈拋物線掉落到海面上。

　　「書！那是真的書！」我驚喜的尖叫。沒想到從海底火山噴發出來的不是岩漿，而是一本又一本的書。

一時間，好多好多的書同時在海上漂流，看得我眼花撩亂。而其中一本書，在夕陽餘暉的照耀下，閃爍著奇異的色彩，深深吸引了我的目光。

「就是這一本了！」我馬上跳下遊艇，游過去撿起那本書。

書上覆蓋著一層透明的膜，像是穿了一件書套般，封住了整本書。但是任憑我怎麼用力拆，也拆不開這緊得不能再緊的書套。

「啊！痛死我了！」透明書套竟然說話了。

「別扯我啊！我是一隻水母！」

我仔細一看，這居然真的是一隻黏在書上的水母，因為下方還拖著一根根長長的觸手，先前我還以為這是書套附屬的新款流蘇呢！

「啊！真是抱歉，弄疼了妳。請

妳讓我看看這本書好嗎？」我趕緊放手，對水母說。

「我早已經把這本書當作我的朋友了，你看，它在我嚴密的保護之下，沒有半點弄溼。要不是我，這本書早就被海水侵蝕，甚至腐爛了。現在你想借這本書，可是我怎麼能確定你不會傷害它呢？」水母露出不信任的表情看著我。

「但是我需要這本書……」我懇求著說。

「不行！我也需要這本書，我已經離不開它了。」水母堅決的說。

「那麼，別怪我不客氣了！」我再度伸出我的手，輕輕搔水母癢。

水母被搔得哈哈大笑，卻怎麼也不肯鬆手。她既然不鬆手，我也不準備停

下來⋯⋯

「停！停！停！放開你的『魔爪』！」看來水母癢得有點受不了了。

「要怎麼做才能讓妳放開這本書呢？」我停下來問。

「我只是想好好守護它而已。」水母抬起頭，認真的說。

「這還不簡單，讓我來代替妳守護這本書，我同時也可以當妳的朋友啊！」我突然靈光一閃，意識到自己可以這樣做。

「真的嗎？我可不是一隻普通的水母唷！」她懷疑的看著我。

「當然是真的！我一個人到這裡來，沒有伙伴，沒有朋友，孤孤單單的。而且，我很早就想要擁有一隻寵物了，可是我媽媽卻有一千零一個不讓我養寵物的理由，害我只好作罷。

現在，有妳來陪我，真好！」

「如果你願意當我的朋友，就要讓我一直陪在你身邊。」水母說。

「沒問題，我也會陪妳，我還可以守護妳！」我拍拍胸脯說。

或許是水母感受到我的誠意，她漸漸鬆開了自己。

「我的名字叫做『紫色罐子』，你也可以叫我『小罐子』。」

「為什麼妳叫做紫色罐子呢？這名字好特別。」

「因為有一天，海裡出現了一個淺紫色的玻璃罐，我好奇的游進罐子裡。我的同伴們在罐子外頭，對我驚呼：『哇！妳全身都變成紫色了，好漂亮啊！』我盡情的在罐子裡頭跳起舞來，他們越鼓掌叫好，我就跳得越起勁，有一瞬間，我覺得自己就像是在

海裡綻放的花火！當我游出罐子以後，大家就稱我為『紫色罐子』或『小罐子』了。」

「哦！原來如此。小罐子，那妳現在可以把書交給我了嗎？」已經全身放鬆、身段柔軟的小罐子，用幾隻觸手合力一彈，把書彈到了我的面前。

我趕快打開書翻了一翻，天啊！這書竟然完全空白，找不到半個字。

「小罐子，這本書一直以來都沒有字嗎？」我瞪大眼睛問。

「怎麼說呢……這不是一本普通的書。」小罐子露出了神祕的微笑。

「妳確定它是一本書嗎？一本書沒有字還能叫做書？」

「其實它是有字的，只是你目前看不到而已。這本書裡的字全都離家出走了。」

「離家出走！為什麼要離家出走？」我吃驚的追問。

「聽說有些字是因為被誤解，有些字是為了出去體驗世界，有些字是為了去幫助別人……，總之，每個文字出走的原因不太一樣，任務也不盡相同。不過它們會在適當的時間回來，或許有一天它們會自己來找你。」

小罐子一本正經的説著我聽起來非常不可思議的事。

「這本書還真奇怪，妳為什麼要跟這種書當朋友呢？」

「別這樣説，它確實是一本書，一本真真正正的書哦！現在它到了你手上，你應該好好愛惜它才對。」小罐子説著説著，眼神散發著光彩。

其實我還滿喜歡這種書的。我從小就是個靜不下來的孩子，要我安安靜靜的坐下來讀一本書，不到十分鐘我就想逃離我的書桌了。閱讀的時候，那些字對我來説是會跳動的，它們四分五裂、活蹦亂跳，讓我拼湊不出句子完整的意思。老師説，我可能有過動症，也可能有一些閱讀障礙，請媽媽帶我去看醫生。媽媽卻説老師是胡説八道，聯想太多，我只是天生

比較好動而已；而媽媽對我的要求也不高，只要我在家和學校不闖禍就行。現在想想，或許不只我想逃開那些文字，那些文字可能也想遠離我。

「那這本書究竟有什麼用處呢？」我問小罐子。

「當然有用囉！它確實是一本關鍵的書。」小罐子肯定的說。

看到小罐子對這本書這麼有信心，我對它感到更加好奇了。

我拿著這本書，走到了駕駛艙前面，再度打開它，裡頭依然是一片空白，真不知該如何是好。

當我無聊的用手觸摸著方向盤前面的鑰匙孔，才發現這本書的形狀和

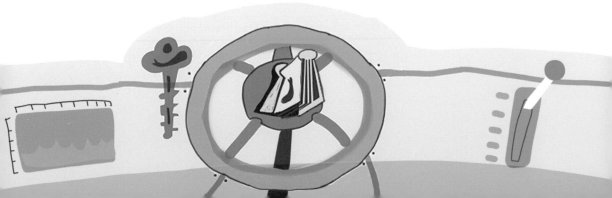

大小跟鑰匙孔竟然是一模一樣的！

「原來這本書就是那把鑰匙！」我趕忙將書嵌入了鑰匙孔，按下引擎鍵，遊艇果然成功發動了。

「這果然是一本關鍵的書呢！」我喜出望外的大喊大叫。

「我就說嘛！小罐子我可是從來不說謊的哦！」小罐子得意洋洋的說。

我摸了摸方向盤，左轉轉右轉轉，沒多久就會駕駛這艘遊艇了。回想起小時候，爸爸曾經買一臺電動小汽車給我，我也是很快就學會如何操作了。雖然媽媽認為我不太會讀書，不過爸爸曾經誇獎我，說我有駕駛交通工具的天分。說不定我長大以後能成為一名優秀的駕駛員呢！

「你要去哪裡啊？」身旁的小罐子問我。

「去找鯨奇。」

「鯨奇是誰？」

我將我認識鯨奇的過程說給小罐子聽，她雖然聽得津津有味，但是卻越來越沒精神……

「我需要海水……」小罐子有氣無力的說。

我進到船艙裡，找來一個小水桶，裝了一些海水後，將小罐子放進去。從此，這個小水桶就成了小罐子在船上的家了。

## 海底火山

我是海底火山。或許你會感到好奇，我們究竟是怎麼誕生的呢？我們的誕生通常是因為地球的板塊運動造成海洋山脊下生成岩漿，岩漿流出來後就生成了海底火山。我們若是在深海的環境噴發，會產生厚層塊狀的熔岩流；若是在淺海的環境噴發，則會產生角礫岩和玻璃凝灰岩。

現在為你插播一則新聞：「南太平洋的島國東加王國時常傳出海底火山噴發的消息，上個月為期十八天的火山噴發，導致一座島嶼陸沉，但同時生成了另一座

體積三倍大的新島嶼！」還有，就在幾年前，東加王國同樣因海底火山噴發形成的新島嶼，現在已成為植物與鳥類的棲地了，所以別小看我們的存在喔！相信未來將會有越來越多的海底火山甦醒並噴發，被埋在海底幾千年的土地將重新浮出水面！

## 06

# 海龜爺爺的禮物

有小罐子的陪伴真的很好，我一個人在遊艇上也比較不孤單了。肚子餓的時候，小罐子會跳進海裡採集一些藻類給我吃；口渴了也不用擔心，她會將海水吸進肚子裡，過濾成淡水給我喝，她還真的不是一隻普通的小水母呢。

更棒的是，當我想到海裡玩的時候，她就會當我的海裡降落傘，我抓著她的觸手，一會兒漂進海裡，一會兒浮出海面，真的很刺激！

我們還一起將這艘遊艇命名為「風狂號」，希望它能載我們到任何想去的地方。

我們一邊航行，一邊尋找鯨奇的影子，不知航行了多久，我們來到一個不知名的小島。下了船，我提著水桶，帶著小罐子一起踏上小島細白的沙灘；沙灘上遍布各式各樣的貝殼，有螺旋形的小貝殼、有放射狀的薄貝

殼、有扇形的大貝殼等等，看起來很眼熟……啊！我想起來了，這些貝殼跟海洋教室裡人造沙灘上的貝殼很像，其中有一個黑白相間的小海螺，我特別有印象。難道這座島原本是我們學校的海洋教室？

我越想越困惑，只能繼續往前去尋找一些蛛絲馬跡。走啊走，我看到一群海獅躺在沙灘上晒日光浴。

「看！海獅呢！」我呼叫小罐子，小罐子從水桶中探頭一看。

「不是啦！那是海狗啦！」小罐子

對我說。

　　那些海狗一看到我走過來，低吼了幾聲，一隻隻紛紛跳入海裡，游到礁石邊躲了起來。

　　「海狗的臉比海獅短，而且有柔軟的毛，毛下又有紫褐色的絨毛密生，非常好看，所以常被人類獵捕，並將他們的毛皮製成漂亮的大衣。」小罐子說。

　　「難怪他們一看到我就躲起來……」我無奈的說。

　　大人們也真奇怪，明明有很多衣

服可以穿，為什麼要剝海狗的皮，跟海狗搶衣服穿呢？畢竟，動物的皮毛是動物自己的，不是我們的啊！他們不知道這樣做的同時也搶走了海狗對人類的信任嗎？

我們走著走著，看到一隻小海龜正從沙灘上爬向大海，有一隻小螃蟹橫行過來，準備擋住他的去路。我趕快抓起小螃蟹，把他送到遠一點的地方去。

「哈囉，小海龜！」我開口跟他打招呼。

「嗨！謝謝你救了我，我有很多兄弟姐妹都在爬向大海的途中遇難了。像是我的同伴玳瑁，就因為他光滑又漂亮的殼，被人類抓去當裝飾品，讓我好傷心……」小海龜說。

「不過，別叫我『小海龜』，我

長大後一定會變成一隻強壯的大海龜，所以請叫我『盔甲武士』。」

看來這隻小海龜相當有志氣。

「我一路走來，獨自躲過許多危險，現在只差幾步就可以回到大海裡了。要不是有你，我可能會遭受到螃蟹的攻擊，變成他可口的食物。你是我的救命恩人，請問你有沒有需要我幫忙的地方？」

「我正在尋找一隻受了傷的小抹香鯨，不知道你有沒有見過他呢？」我問小海龜。

「好像沒有。」小海龜搖了搖頭說，「其實我才剛出生沒多久，認識的朋友也不多。不過我可以回到海中問問我親愛的家人，他們應該知道很多事情！」小海龜自信的說。

「太好了！」我和小罐子歡呼著，希望的泡泡再度從海底冒了上來。

看著小海龜一步步努力爬進大海裡，我可以感受到他的堅強與毅力。

不像我，常常遇到困難，就選擇放棄。像是遇到很難唸、很長的英文單字，我就索性不記了；或是當我在閱讀的時候，字不願意像螞蟻一樣好好排隊，反而像跳蚤一樣跳來跳去，搞得我暈頭轉向，就乾脆不讀了。

小海龜真是一個值得我學習的好榜樣，他以後一定能成為海底火山圖書館的「每日精選」！

我和小罐子一起在沙灘上等待，看著海浪一波一波玩接力賽，心中也盪漾著滿滿的期待。

　　時間一分一秒的過去，當我們期待的心情慢慢轉變為焦急的時候，遠方的海浪中出現了一個貝殼一樣的小黑點。漸漸的，小黑點越來越大、越來越大，直到我看清那是一隻大海龜朝我們的方向游了過來。

　　我用力的向大海龜招招手。我想這隻大海龜應該就是小海龜的家人吧，他果然與親愛的家人團聚了，真是太好了！

　　大海龜朝我的方向爬過來，對我畢恭畢敬的點了一個頭說：

　　「想必你就是我家小海龜的救命恩人，我是小海龜的爺爺。有什麼需要我幫忙的地方呢？」

　　「您好！海龜爺爺。請問您有沒有看到一隻受了傷的小抹香鯨呢？」我滿懷期待的問。

　　「讓我想一想，」海龜爺爺閉上眼睛一會兒後，張開層層疊疊的眼皮對我說：「這座島雖然有各式各樣的生物居住，卻很少有鯨魚到這裡來。不過，我曾經在另座島的附近，親眼目睹不計其數的鯨魚在周圍的海域游來游去。至於是什麼種類的鯨魚，由於我老眼昏花的關係，也就不是那麼清楚了。」

　　「『不計其數』的鯨魚！那座島在哪裡？」

　　「離這裡不遠，依照方位來看，它應該位在這座島的西南方。」

　　收到這麼珍貴的訊息，我等不及要立刻出發去找鯨奇了！

　　「等一下，我有一樣禮物要送給你。」海龜爺爺從石縫裡拿出一塊厚厚的石板片，「這是我最近在海裡撿到

的，本來想拿它來寫日記，後來想想，我所有的記憶都刻在我這身陳年龜甲，應該不需要再寫些什麼了，便拿它來當枕頭。說來奇妙，當我枕著它睡覺的時候，腦海裡會出現一些訊息，像是可以預知天氣與風向的變化等等。你帶著它，或許對你的航行會有一些幫助，也說不定，它還有其他神奇的功用等著你去發掘呢！」

　　海龜爺爺再度客氣的說：「真的很謝謝你，我和小海龜的其他家人們在海裡日日夜夜期盼小海龜的歸來，今天他終於回來了，他是我第一個回到海裡來的小孫子！小海龜的母親產下一百多顆卵，也不知道能回來幾隻，要不是因為你，恐怕要全軍覆沒了……。」海龜爺爺說著說著，露出擔憂的表情。

　　「海龜爺爺，別擔心，小海龜是我看過最堅強、最勇敢的小孩了！」我安慰他說。

　　「還有，最近不知道什麼原因，附近的海域出現許多鯊魚，你可要小心一點。」海龜爺爺叮嚀著我，眼神充滿了關愛，真是個慈祥的老爺爺。

　　我小心翼翼的從海龜爺爺手裡接過石板片，跟他道謝過後，拎起我的小水桶，才發現小罐子已經在裡頭睡著了。我滿懷期待，一步一步走向「風狂號」。

# 海洋觀測站

**玳瑁**

我是玳瑁。

我是現存的七種海龜其中的一種，平常我會在珊瑚礁中進進出出，珊瑚礁裡的洞穴和深谷提供我休息的地方。而在我大部分的生命時光裡，總是孤獨的遊蕩在大海之中。

我有著色彩斑斕的外殼，被借用來形容貓咪的花色，但也因為這樣，時常招來殺身之禍。人類濫捕我們，將我們斬首，用我們的殼製成各種昂貴的飾品；這樣不僅使我們遭受到極大的痛苦，更招致我們玳瑁族群瀕臨絕種的危機。

最近我的親戚綠蠵龜，也因為被漁網纏住脖子及四肢，在沙灘上擱淺死去。我真的好傷心。

我在這裡祈求人類救救我們、保護我們，你們能做的是：

- ◆ 不濫殺我們。
- ◆ 不使用玳瑁製品。
- ◆ 少用塑膠製品。
- ◆ 下水不擦防晒用品。

衷心希望未來的孩子們，還有機會能看見我們在大海中優游的自在與美麗。

## 07

# 航 向 鯨 魚 島

　　雖然海龜爺爺説那座島離這裡不遠，但我和小罐子真正航行起來卻覺得很遠。

　　可能是因為海上的天氣非常捉摸不定，一會兒出大太陽，一會兒烏雲密布；有時風平浪靜，有時波濤洶湧。我拿出據説可以預知天氣與風向的神祕法寶 —— 石板片，打算學海龜爺爺枕著它睡覺。當我手握著這石板片，一股異常熟悉的感覺從我心中升

起，不知該怎麼形容，有點像是突然在某個冷門時段看到心愛的卡通影片，或是碰巧在床底下找到遺失很久的戰鬥陀螺般。

我仔細觀察石板片的模樣，它比一般的石頭還要白，接近象牙的顏色，呈圓錐形，下方有一些尖尖的。

當我夜晚枕著石板片睡覺的時候，卻沒辦法預知到任何天氣的變化，讓人好失望。我想來想去，或許可以拿它當作斧頭之類的工具或護身的武器。我還想起了金斧頭和銀斧頭的故事，也許它是大海給我的一把金斧頭吧！

我和小罐子航行了好久，一心一意想趕快到達海龜爺爺所說的「鯨魚島」，沿路上卻連一隻鯨魚的影子也沒見到。我開始想家了，有一點想要

放棄這種不知道終點在哪裡的旅行，內心的聲音卻又告訴自己不能就這樣一走了之。如果我掉頭就走，那之前所有的努力不就白費了？

我抬頭看看天空，北邊堆起了低垂的雲層，說不定雲層的後面埋伏著恐怖的暴風雨，如果我繼續待在海上，可能會遭遇意想不到的危險。不同的想法在我腦海中不停打轉，莫名的恐懼在我心中上下翻騰，我越想越掙扎，難過得掉下了眼淚。

這時，忽然颳起一陣狂風，方向盤旁邊那本嵌在鑰匙孔裡的書，被風吹開到某一頁，頁面上出現了一行斗大的字：

「鯨奇就要來了！」

「有幾個離家出走的字回來找你了！」小罐子興奮的說。

「什麼！上面寫的是真的嗎？」我感到不可置信，飛快抹去眼角的淚水，原本黯淡的心情被瞬間點亮。

「是真的！一定是你的真心召喚它們回來的，這本書從來不說假話哦！」小罐子手舞足蹈的在我的肩膀上跳來跳去。

這一行「回家」的字，給了我無比的力量和信心！

我再度打起精神，往海龜爺爺所說的西南方前進。刷啦刷啦的海浪聲，指引我方向，就這樣過了沒多久，我看到不遠處發亮的海裡浮著一座低矮的山丘。

「那是一座小島！」小罐子說。

「太好了！那應該就是海龜爺爺所說的『鯨魚島』。」皇天不負苦心

人，終於讓我找到了，我加速往小島的方向前進。

就在我加足馬力的同時，後方卻傳來一陣更大、更嘈雜的馬達聲，我一回頭，看見一艘快艇正極速往我們的遊艇靠近。

眼看快艇就要撞上船尾的時候，它卻瞬間停了下來。我定睛一看，船上插著的旗子寫著「驚嘆號」，而駕駛這艘「驚嘆號」的人，竟然是我們班上的奕元！

「你是在尋找小抹香鯨吧，我絕對不會讓你找到的！」奕元對我大吼。

「為什麼？」一聽到他那樣說，我頭頂都快冒煙了。

「我明明是第一個知道小抹香鯨來學校的人，老師卻不讓我看牠，根本就是偏心嘛！」奕元生氣的說。

　　「是你自己排隊的時候太吵了，老師怕你吵到小抹香鯨才這樣做。你不知道鯨魚對聲音很敏感嗎？尤其是對一隻受傷的鯨魚來說！」我不客氣的反駁他。

　　「我只是稍微玩了一下下而已！」奕元不服氣的說。

　　「老師說全班最好動的就我們兩個，為了能看到小抹香鯨，我都忍住了，你怎麼就忍不住呢？老師也沒有偏心啊！我上課不專心的時候，還不是常常被叫起來罰站。」我說。

　　「可是我是全班唯一沒看到小抹香鯨的人，這對我來說太不公平了！」

我不想再管奕元了，怎麼説也説不清！只好加緊馬力，往前方的小島駛去，沒想到奕元依然緊追在後。

　　過沒多久，「風狂號」好不容易靠岸了，我一手拎起裝著小罐子的水桶，一手拿著我的

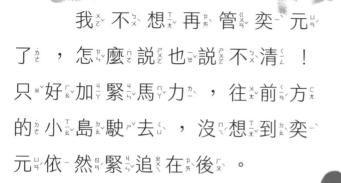

「斧頭」，也就是石板片，匆匆忙忙下了船。

一下船，我發現這一座島和上一座島有很明顯的不同，沙子不再細白，而且到處灰灰髒髒的，還有用繩子捆起來一大袋一大袋的鐵鋁罐、塑膠瓶、保麗龍和舊考試卷等等，難道這裡其實是學校的資源回收場嗎？

「這裡真的是『鯨魚島』嗎？根本是『垃圾島』嘛！」當我感到懷疑時，尾隨在我身後上岸的奕元，從我背後撲過來，搶走了我手上的斧頭。

「哼！沒有半個人同情我，大家走著瞧！」奕元用斧頭尖尖的那一端割斷了其中的一條繩子，用力一推，一些塑膠瓶子鬆脫，滾到大海裡去。

「不行！這些垃圾會汙染海洋！」小罐子從水桶跳了出來，用他的觸手

纏住奕元的手，眼看奕元吃痛縮回了手，斧頭掉落，我衝去想撿回斧頭，但奕元又再度撲了過來。

小罐子為了保護我，跳到奕元的頭上，張開身體，蒙住了他的臉，奕元像是戴了一個透明的面罩，雙手胡亂在空中揮舞，我不小心被他揮到，一個勁的跌入了垃圾堆，卡在交纏的繩索裡。

小罐子看到我跌倒，趕忙跳了下來，奕元站不穩，連著倒退了好幾步，越來越靠近大海。

突然一陣大浪襲來，把奕元和那些瓶瓶罐罐一起捲入了海裡。

「救命啊！我不會游泳！」奕元在海浪裡載浮載沉，遠遠的，一群小鯊魚游了過來。

「啊！不！」我驚聲尖叫了起來。

**大海**

我是大海。

地球的孩子，近來越來越多的垃圾出現在我的身體裡，我的水元素也受到越來越多的汙染。我懷中的海洋族群是我心愛的寶貝，我愛他們，同時也需要他們的愛，但因為你們過度捕撈的關係，最近他們陸陸續續離我而去。

還有，我身上的垃圾已經聚集成越來越大的垃圾島，就像身上長了一顆無比巨大的腫瘤，讓我覺得非常難受。像是「太平洋垃圾帶」長年累積下來已經成了誇張的「雲狀」漩渦，從加州外

海一直延伸到夏威夷，超過一百六十萬平方公里，是臺灣領土面積的四十四倍大啊！

　　科學家們透過為期三年的繪測調查，也指出：「該地區至少有超過一兆八千億個塑膠廢料，總重量超過九百萬公噸，而且情況一直不斷惡化。」

　　我感到既傷心又憤怒。我要向各位提出鄭重警告：不要再製造各式各樣的汙染在我的身上，傷害我心愛的寶貝們了！如果有一天我瀕臨死亡，你們將如何生存呢？地球的孩子們，我希望你們知道，我有多需要你們的愛來平息我的狂怒。

08

# 與鯨奇漂游

　　千鈞一髮之際，一記悶雷在海底隆隆作響，一抹黑影浮出了海面。

　　「一隻小抹香鯨！」小罐子說。

　　「是鯨奇！」當我喊出這個名字的時候，鯨奇轉頭望向我，一道熟悉的電流再度竄入我的全身，使我更加確定他就是鯨奇。

　　「鯨奇真的來了！」我感覺到自己的心跳猛然加速。

　　我看到鯨奇迅速游向奕元，用尾

巴將他舉起來放在自己的背上，游到了「驚嘆號」旁，並將奕元放回了船艙裡。

剛剛一路上緊緊抱著鯨奇的奕元，現在眼裡仍噙著淚水，一副驚魂未定的模樣。或許是因為太過緊張，他駕駛的快艇在原地快速打轉了幾圈，撞到了鯨奇，鯨奇叫了一聲，快艇疾馳而去。

我將小罐子放回水桶裡，趕忙回到遊艇上，打算將船開進海裡，這樣我就能更加靠近鯨奇了！今天的風浪特別大，風狂號在海裡搖搖晃晃，強勁的海風對著我怒吼，使我不由自主的打了幾個冷顫。我緊握住方向盤，不停的轉動，船卻搖晃得更加猛烈，彷彿下一刻就要沉入海裡。

「咚！」一聲，那本「鑰匙書」被

震出了鑰匙孔，掉落甲板上，接著又來一個大浪猛力拍打船身，那本書就這樣飛了出去！

「不──」小罐子立刻彈跳起來，用自己的身體緊緊包覆住那本書，隨著書沉落海面。

「小罐子，小心！」我大叫。

「放心，我沒事。」小罐子回應。

「妳走了，我怎麼辦？」我說。

「我也很為難，這本書遇到了危險，我不能見死不救。大宇，你千萬要保重，我相信那把特別的斧頭能代替我守護你。」小罐子隨著那本書漂流到越來越遠的地方。

我不懂小罐子為何對這本書如此情有獨鍾，我好捨不得小罐子，她

真的是一個貼心的好朋友。

失去了「鑰匙書」，我的風狂號也開不動了。就在我的憂心如灰雲層層堆疊之時，之前那幾隻小鯊魚游了過來，我緊張得舉起斧頭胡亂在空中揮舞，試圖嚇跑他們。沒想到其中一隻小鯊魚，從海水中躍出，竟對我露出微笑。沒錯，他確實在對我微笑，我可以感受到一股善意，我放下了斧頭，一顆心瞬間飛揚起來。

「摸摸我的頭吧。」小鯊魚說。

這隻小鯊魚不但不可怕，渾身還散發著一種靈性的光芒，真是不可思議。但是基於以前對鯊魚的恐怖印象，我不敢伸出我的手。

「摸摸我的頭吧。」小鯊魚又說了一次，他看起來真的很友善，直覺告訴我，他想和我做朋友。

　　我鼓起勇氣，伸出我顫抖的右手，輕摸了一下他的頭。同時，另一隻小鯊魚也跳起來對我微笑，我現在才知道，原來鯊魚如此可愛。就在我遲疑著要不要也摸摸他的頭時，鯨奇游了過來。

　　鯨奇看著我，一邊高高的舉起了尾巴，我明白他的意思了，他想載我一程。

　　我迫不及待的跳上了鯨奇的背，跟著洋流往前方游去。這道洋流的速度極快，比我回南部外婆家坐的高鐵更快，像是一支吹箭，哦，不，比吹箭還快，是一道光！

　　恍若穿越宇宙的某個通道，一眨眼的工夫，我們來到另一片海域。

　　這是一個寧靜的

清晨，雲兒拉著長長的白絲帶輕覆在海面上，時間彷彿在這裡停下了腳步。

鯨奇不疾不徐，慢慢的、慢慢的游著，我聽著他緩緩的呼吸聲，也跟著一起深深的呼吸，靜靜感受周遭的一切。這裡的風是和煦的，天空是水藍的，海水是澄淨的，澄淨到幾乎透明，讓我可以將裡頭的小生物看得一清二楚。我伸手撫摸著海水，發現海水如此柔軟而溫暖，這是我以前從未有過的體驗。

天空的雲由灰白逐漸轉為鵝黃，再變成一片橘紅，朝陽正從海平面爬上來，在海面上鋪出一條光帶，鯨奇載著我沿著那條光帶游去。

鯨奇在粼粼的海浪中換氣噴水，開心的搖擺著身體。他的尾巴一甩，

將小小的我拋到半空中，我驚呼一聲，他又用鼻子將我接住，用力一躍，在海面上劃出了一道完美的弧線，清涼的海水濺在我的臉上，空中滿是銀閃閃的浪花。

「鯨奇！你真酷！」我叫得越大聲，鯨奇就把我拋得越高，沒想到害羞的鯨奇也有調皮的一面。鯨奇還把我放在他舉高的尾鰭上，讓我像溜滑梯一樣咕咚一聲滑到了他的頭頂端，接著鯨奇又抬高他的頭，我又從他的頭部滑到他的尾端。我覺得自己就像一顆小皮球，在一條黑得發亮的絲綢上滑來又滑去，真是過癮！我開心的在海上唱起歌來，唱著唱著，鯨奇停了下來，也跟著低吟，像是在為我和聲。我漸漸收住自己的歌聲，靜靜聽著鯨奇的聲音。

　　在鯨奇的聲音中，我感受到他對我的愛。鯨奇的體型雖然是抹香鯨中最小的，但是他的愛卻讓我感覺到他的內在無比強大。因為他，我覺得我也變強大了；我感動的張開了雙臂，我想要把我的愛送給海洋，送給太陽，送給天空，送給這裡一切一切的生命！

　　鯨奇的尾鰭輕輕撫拍海水，又載著我游到了光帶的另一頭，將我放下來後，鯨奇用他深邃的圓眼睛望著我，好像要我陪他一起游泳。哈！說起我游泳的技術，真的還不賴。我從很小的時候就開始學游泳了，記得媽媽曾經豪氣的說過，如果把我丟到大海裡，就算我用狗爬式也能游回來。我勇敢的展開我的四肢，跟在鯨奇身旁，隨著他緩緩的呼吸聲，慢慢向前

游去。

一開始，我跟不上鯨奇的速度，他就刻意放慢速度等我跟上，我便加快速度，緊緊跟隨。游著游著，我漸漸感覺自己跟上了鯨奇游泳的節奏，我們終於能肩並肩向前行了！我望向鯨奇的眼底，一道熟悉的電流溫柔傳遞到我的全身，剎那間，我聽到鯨奇開口對我說：「你真厲害！」一聽到鯨奇這麼說，我興奮的說：「鯨奇，你是我的好朋友！」

我們繼續往前游，來到一座小島前，鯨奇對我咧嘴一笑，輕聲說：「這就是鯨魚島了。」隨後他張開嘴巴，發出滴答滴答的聲音，沒過多久，一隻隻鯨豚游了過來，鯨奇說他們都是他的好朋友，並向我一一介紹。

首先游過來的是藍鯨，他的體型

無比巨大，長度大約有三輛校車那麼長，完全超乎我的想像，我不禁發出「哇──」的一聲！藍鯨一聽到我的聲音，也發出了叫聲，聲音大到像要把我的耳膜震破似的。鯨奇對我說：「別緊張，他只是在跟你打招呼。他們是地球上最大的哺乳類動物，天生大嗓門，他們的低頻聲波脈衝可以高達一八八分貝，還可以傳送到八百公里遠的地方……」

　　接著游來的是一對座頭鯨母子，座頭鯨媽媽一看到我就對著我唱起歌來，歌聲十分優美動聽。「座頭鯨是才華洋溢的作曲家和歌唱家，他們不斷創作新的曲子，從抒情歌曲到古典風格的奏鳴曲都有。座頭鯨唱起歌來，一次可以長達二十四小時呢！」鯨奇一邊隨著樂音擺動身體，一邊輕聲

說著。

　　緊接著是跟鯨奇體型差不多大的雄侏儒小鬚鯨，他的叫聲相當與眾不同，聽起來就像雷射槍發射的聲音。鯨奇頑皮的看了侏儒小鬚鯨一眼，對我說：「通常他們發出這種吵嚷聲，是為了叫別的鯨魚離遠一點，不過現在他只是想開玩笑逗逗你，別緊張。」

　　最後是一隻灰色的小海豚，他的眼睛周圍和嘴巴都有黑色的圈圈，看起來像是隨時睜大眼睛在微笑著，非常的可愛！鯨奇對我說：「他是小頭鼠海豚，目前全世界只剩下不到二十隻了，我好怕他們消失在這個世界上。他們很聰明、心地善良、喜歡跳躍，今天是專程來陪我們玩耍的唷！」

　　鯨奇似乎很了解他的朋友。我認為當朋友的第一要件就是能互相了

解，但我的朋友好像不太了解我，這也是我常常覺得失落的原因。說來奇妙，直覺告訴我：鯨奇他是了解我的。他知道我想念他，知道我天生激動，知道我活潑愛玩……，總之，他默默知道很多事情，也全都能接受。

　　我算一算，加上鯨奇，這裡總共有六隻鯨豚。他們一隻連著一隻，藍鯨排在最前端，小頭鼠海豚排在最尾端，連成了迂迴的滑水道。藍鯨要我從他的頭部滑下去，「咻！」的一聲，我像是坐上了史上最刺激的雲霄飛車，嚇得我一路瘋狂尖叫。接著，他們圍成一個圓圈，尾鰭向內一起把我托高，就像是一朵花的六片花瓣，而我則是中間的花蕊。然後，再將噴氣孔向著我噴出高高的水柱，花開花落，我隨著水柱升起又落下，像是在

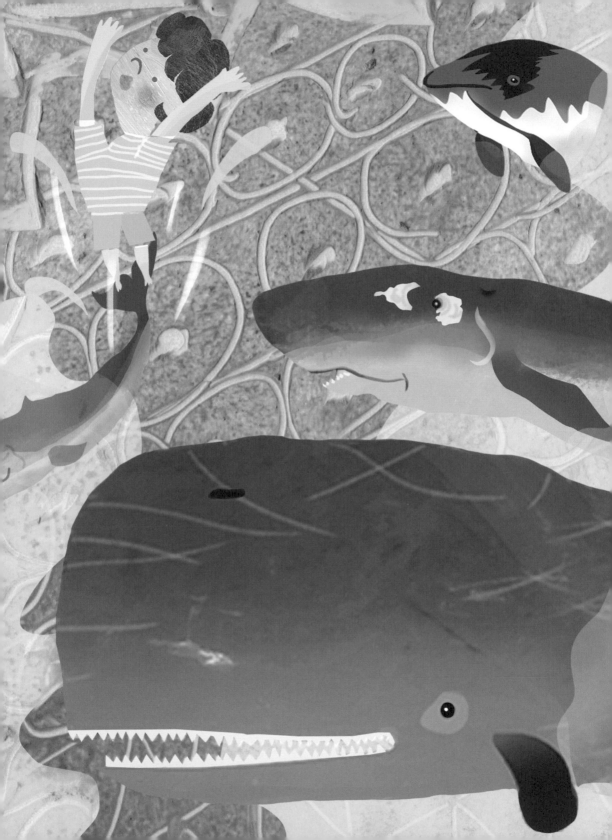

　　玩自由落體一樣，逗得我放聲大笑。有好幾次，我覺得自己險些摔落在海面上，然而鯨奇總是在最適當的時機點接住了我。

　　我們就這樣玩著笑著，一起在海上漂游。不知過了多久，鯨奇突然停了下來，發出一些叫聲，看來是在跟朋友們說話。海上微風陣陣吹來，陽光漸漸微弱，鯨奇有氣無力的告訴我他身體的側邊感到刺痛；我看了一下，鯨奇的身體左側果然有一道傷口滲出了鮮血，我推測是先前他為了救奕元，被船隻撞傷留下的傷口逐漸開始惡化了。

　　一陣刺骨的寒意竄過我的脊梁，

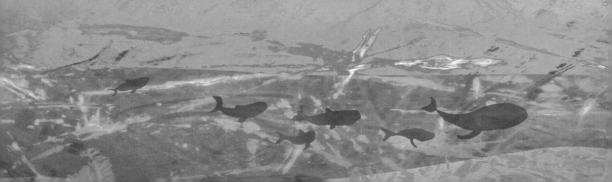

我倒吸了一口氣，不知該如何是好。
鯨奇虛弱的看著我，示意我坐到座頭
鯨媽媽的背上，他則拖著沉重的身
體，在其他四隻鯨豚的護送之下，緩
緩朝南方游去。

# 海洋觀測站

## 小頭鼠海豚

我是小頭鼠海豚。

我有典型的鼠海豚屬體型，和海豚、鯨魚一樣都屬於鯨目科，而我是最小的鯨目科動物。

我們經常被困在捕捉加利福尼亞灣石首魚的流刺網中，每年都有許多同伴被刺網所殺，導致我們的族群數量急速銳減中；1997年時全世界就已經只剩下不到六百隻小頭鼠海豚，到了2019年，更只有我們十隻左右的同伴相依為命，被列為世界極度瀕危的海洋哺乳動物。

最近有一部紀錄片電影「朱

紅之海的靈魂」（暫譯，原文片名為：*Souls of the Vermilion Sea*），就是在訴說我們的故事。

　　我在這裡求求人類別再殘忍的對待我們了，別忘了我們動物也是有靈魂及感情的啊！

## 09

# 冰山鯨靈

　　鯨豚們很有默契的朝同一個方向前進，當遠方出現了一個熟悉的洞口，我才知道我們即將回到海底火山圖書館。

　　當我們一起來到海底火山的入口，曼曼立刻游了上來。他一看到鯨奇，就叫了一聲：「館長，好久不見！」

　　我訝異的看向鯨奇，他竟然是海底火山圖書館的館長？鯨奇沒有答話，呻吟了幾聲，我知道他一直隱忍

著身上的疼痛。天色已經暗了下來，那五隻鯨豚朋友露出擔憂的神情，他們一隻接著一隻向鯨奇道別，依依不捨的離去。

　　曼曼再度自告奮勇當我的潛水腰帶，我們與鯨奇極其緩慢的往下游，一條細長的血絲拖在鯨奇身後，相當怵目驚心，使我的胸口感到更加的緊繃。當我們來到了圖書館的三樓，鯨奇再度發出滴答滴答的聲音，接著彷彿有股神奇的魔力，那些奇特的石頭隨著滴答聲「喀拉喀拉」的旋轉起來，排列成不同的圖案與空間。

　　我們繼續游向四樓，鯨奇終於停歇，無力的在珊瑚群前的廣場裡躺臥下來，他從噴氣孔裡射出一道光束，一旁的珊瑚則伸出觸手來連接。

　　曼曼說：「館長有新的訊息要傳送

到我們的數位資料庫。」

「鯨奇是這座圖書館的館長?」我疑惑的問。

「是的，你口中的鯨奇就是我們偉大的圖書館館長。告訴你一個祕密，有關這個地球遠古至今的系統訊息，都『備份』在鯨魚這個族群裡。而館長發出的滴答聲，含有全息結構，裡頭的訊息量相當於整座圖書館。話說回來，你們人類太過分了！怎麼可以任意讓鯨魚

受傷呢？人類不能消滅鯨魚，否則就會改變地球生命力的平衡。他們持有宇宙的紀錄，他們的記憶是無價的寶藏。你們以為自己是大海的主人，但你們不是！」面對曼曼的指責，我覺得非常委屈。

「不是我！我也不忍心看到鯨奇受傷啊！」我現在才知道鯨奇肩負著如此重大的使命，忍不住追問曼曼：「我可以知道剛剛鯨奇傳送什麼訊息到資料庫嗎？」

「這並非公開的訊息，不過我記得你是已註冊的會員，所以

應該可以借閱。那天當你集中注意力凝視珊瑚時，註冊訊息就同時傳輸到館長那裡，他已經允許你加入了。」

這時我才明白，當時我感受到的那股熟悉且奇異的電流，源頭竟然來自鯨奇。

當鯨奇完成訊息傳送後，他勉強起身，與我們一起游進礁岩旁一座神祕的洞穴裡，洞穴裡的空間很大，一面又一面水晶組成的鏡子環繞著我們，鯨奇圓睜的雙眼緊盯著鏡子裡浮現的影像。

「剛剛館長傳遞的最新訊息，現在將以『全影』方式呈現。」曼曼說。

剎那間，我和鯨奇置身在眼前播放的景象之中。

彷彿與世隔絕般的寧靜，那是另一個海中星球。湛藍的海水浮著結凍

的冰層，一座座大小不一的冰山環繞在四周。一陣陣寒冷的風吹襲著，一隻鯨魚從海底升起，緊接著第二隻、三隻、四隻……，一陣陣碎冰裂開的聲響，直到不計其數的鯨魚布滿了整個海面。

我想起了之前海龜爺爺所描述的畫面。

「他們曾經是我要好的同伴。」鯨奇開口對我說。

光線折射在冰山與鯨魚之間，看起來就像一個迷離的夢境。

「因為地球暖化的關係，許多冰山正在加速融化，海平面也隨之上升。」鯨奇邊說邊顫抖著。

海面上的鯨魚緊緊依偎在一塊，輕輕的噴著水，如嬰兒般哭泣著。

一股巨大的憂傷在冰海中
蔓延開來，我的心一沉，
眼眶也跟著溼潤了起來。
「他們為什麼要哭？」我問鯨奇。
　　　　「因為他們都死
了……」鯨奇的眼睛
閃著淚光，臉色黯淡
了下來。

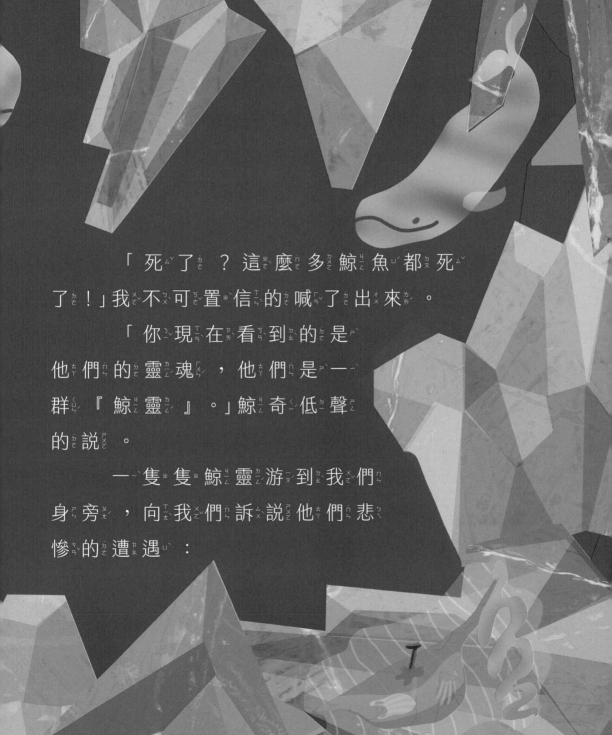

「死了？這麼多鯨魚都死了！」我不可置信的喊了出來。

「你現在看到的是他們的靈魂，他們是一群『鯨靈』。」鯨奇低聲的說。

一隻隻鯨靈游到我們身旁，向我們訴說他們悲慘的遭遇：

「我的肚子被剖開的時候，裡頭是一堆塑膠類製品！不知道我的肚子什麼時候變成資源回收桶了？」

「我的肚子裡不只塑膠袋，還塞滿了海洋裡五花八門的垃圾，這叫我如何消化啊！」

「我還曾經吞進了一個浴缸呢！」

「我是被廢棄的流刺網刺傷的。」

「有一根很長的鐵釘刺穿了我的胃……」

「我是因為人類進行聲納測試，被迫急速浮上海面，而造成了腦出血。」

「海軍演練及海底工程之類的活動，產生可怕的噪音，對我造成極大的壓力及恐懼，讓我失去方向，想從海中逃出去，結果就擱淺了。」

「人類開著可怕的捕鯨船來捕殺

我！他們不但想取走我的脂肪做鯨油，還想吃我的肉！」

「我好想念從前在海洋中自在優游，無憂無慮的生活……」

一聲聲嘆息，伴隨一陣陣淒苦的叫聲，我每聽一句，心頭就緊縮一下，感到無比慚愧與悲傷。這些鯨魚們真的太可憐了！

「海洋是我們的母親，她深深愛著我們。海水裡原本有著滿滿的能量，但是她的身體卻因為人類製造的汙染，一天比一天惡化，我的同伴們也因此無辜的犧牲，生命之地已成了死亡之地。」鯨奇的眼眶盈滿淚水。

鯨靈們繼續的哀嚎：「誰來救救我們的同伴？我們不希望其他鯨魚像我們一般，如此痛苦的死去啊！」

鯨奇原本深邃的眼神此時顯得空

洞而絕望，他悲傷的啜泣著：「身為海底火山圖書館館長的我，擁有關於海洋數不清的記憶……，得知這樣悲慘的訊息，我的心臟就像是被掏空那樣的痛苦……；那種痛苦，又像是千萬根針扎著我一般，比我身上所受的創傷還要痛上千萬倍！我怎麼能夠忍心見死不救？」鯨奇跟著一起哀嚎起來。

　　鯨奇悲痛的哀號聲，帶著一股無比堅定的力量，震響了海底。那持續的哀號聲，是能夠穿透心臟的旋律，在黑暗中向前奔去，開啟了海中無形的天窗，一道道光芒頓時從海中照射下來。鯨奇使盡最後的力氣，自噴氣孔噴出水柱，一片片泡沫隨著一道道光充斥著整個海底火山圖書館。

　　那光芒也同時灑落在鯨奇自己的身上。

　　慢慢的，我看到鯨奇身上的傷口不再有血滲出，奇蹟似的癒合了！鯨奇對同伴們深深的愛，已超越了他自己肉體所受的傷。

　　但鯨奇仍舊在哭泣著，我感到一陣鼻酸，也跟著嗚嗚哭了起來。

　　不知過了多久，鯨奇終於停止了哭泣，我也抹去眼角的淚水。鯨奇甩甩他的尾鰭，示意我游到他的背上，他載著我和曼曼游進遠古神祕區的深處，那裡的海像個膨脹的宇宙，永無止境，有許多的遠古化石，還有一大片的斷層，冒著火焰。鯨奇對我說：「人們以為水火不相容，其實海洋也需要火的溫暖與力量。」

　　鯨奇還實現了我心底的小小願望，讓我一窺曼曼曾經提及的海底沉城。雖然沒看到先前所想像的寶物，

但那裡有好多可愛的小飛象章魚在裡頭游來游去，我還看到了曾經好心載我們一程的大餅，原來這座沉城就是大餅口中的「飛象城堡」。

然後，我們沿著螺旋形的通道向上游，經過不同的樓層，我看到了先前遇見過的那些魚，像是見到了久違的朋友，感覺格外親切，我忍不住伸手觸摸他

們，沒想到卻感覺不到他們的身體。鯨奇對著滿臉困惑的我說：「海底火山圖書館裡的一些『書』，有些是從我的記憶裡投射出來的……」。

我們游出了火山口，曼曼則再度回到他的崗位上，此時已進入黑夜。鯨奇載著

我跳出海面，像一枝毛筆，蘸滿了深色的藍墨水，拂過月光照耀的海面，寫出一個又一個新的字。此刻的大海猶如一本打開的新書，正在喚醒一個新的世界。

　　鯨奇告訴我，他必須跟我道別了，並望向我的眼底說道：「大宇，幫我救救鯨魚們，好嗎？」

　　我也很想幫忙救鯨魚，但我感到無能為力。

　　鯨奇的眼神明亮，好像讀出了我的心思，他對我說：「不要小看自己，你很重要，好比清清大海裡的每一滴水都很重要。你是我所認識最好最好的小男孩，我很高興能與你做朋友，你有一顆純淨的心，從你心中所發出

的愛是「強大的。」

　　鯨奇的一番話鼓舞了我，我突然有種全新的感受。我想起了老師對我們說過的話：「想一想我們到底對海洋做了什麼？還可以做些什麼？我們每個人都可以跟鯨魚有個約定！」

　　我點了點頭，望回鯨奇的眼底，與他鼻子對著鼻子，悄悄的立下了一個約定。

# 海洋觀測站

## 小抹香鯨

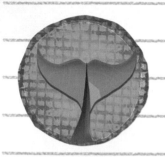

我是小抹香鯨。

現在，是時候跟你們說說藏在我心底的話了。

我愛大海，也愛你們。我們在黎明時分悄悄經過仍在睡夢中的魚群，我們活在當下，享受每一天的美好。對我們來說沒有時間，只有無形的四季，而愛是生命中最重要的事，它載著我們穿越生命的水域，引領我們隨「心」所欲的旅行。

我們鯨魚每天祝福海洋，維護地球，孕育海洋生命更是我們的日常任務。例如我們刺激浮游生物的生長，而這種海洋藻類會

從大氣中提取碳；並且，我們終其一生不停在體內累積碳，每條大鯨平均保存三十三噸二氧化碳，並在死後將這些碳存放數百年之久，能為地球降溫。另外，當我們自然死亡，我們的屍體會沉落到海底的深處，成為許多海洋生物（包括各種食腐動物、無脊椎動物及細菌等）賴以維生的食物，這種過程叫做「鯨落」。有人說，「鯨落」是我們留給大海最後的溫柔，我們的死亡，成就其他生物的生存；我們的屍體，成了海底的綠洲。

　　我們崇尚自然的死亡，而被捕殺或因為擱淺而死去，則造成我們肉體及精神上極大的痛苦。

活在相同的陽光與海洋之下，鯨魚就是大家在海上的兄弟姐妹。我們透過海浪向你們送去祝福，當每個浪頭翻騰，我們的祝福也隨之湧上海岸。期待有一天我們不再害怕來到岸邊；與你們再次交流嬉戲，共享親密友誼，是我們心底真切的願望。

## 10

# 與 鯨 奇 的 約 定

　　我和鯨奇立下約定之後，他露出了欣慰的笑容。

　　一道洋流如一道光向我湧來，剎那間，我離開了那片深藍海洋，當我再度張開眼睛，已經回到了自己的房間裡。

　　天亮了，我做了一場夢嗎？可是我所經歷的一切是如此真實，到現在我都還記得大海的氣味，還有鯨奇如絲般光滑的皮膚貼在我身上的感覺。

　　「大宇，動作快一點！不然又要遲到了！」媽媽在房門外催促著我，我不得不敲敲自己的腦袋，強迫自己回過神來，準備上學去。

　　上學途中，我邊走邊回想，在腦海裡重播那一幕幕難忘的景象。

　　走進教室，今天的熱門話題是：「小抹香鯨的情況如何？大家今天還有機會看到牠嗎？」全班好像在追連續劇一樣，期待接下來的劇情發展。但我一整個早上都無心加入討論，任由昨晚的那片海浪在我心中來回擺盪。

　　一直到下午第一節課，我聽到校園的播音器傳來校長的聲音：「各位同學，很高興我們可愛的小抹香鯨身體康復了！牠很幸運，經過檢查顯示肚子裡沒有垃圾，今天可以野放回大海了。鯨豚保育協會的叔叔阿姨們正要

載牠離開，各位老師和同學可以把握時間，到校門口來與牠道別。」

校長一說完，全校一陣沸騰，大家都沒想到小抹香鯨會康復得如此迅速。老師也顧不得上課了，立刻帶著全班同學下樓去。

我看到鯨奇被包在一片大帆布裡，校長、主任和一些志工叔叔阿姨們一起扛著他走向一輛大卡車。

「鯨奇，祝福你回到大海裡能優游自在，相信你會過得很好。」我在心裡默默對他說，看到一旁的奕元紅了眼眶，我覺得他也是愛鯨奇的。鯨奇好像收到了我們的心意，看了我們一眼，我又感受到那股熟悉的電流，這大概就是鯨奇的道別吧。

我和奕元同時揮了揮手，依依不捨的目送鯨奇。鯨奇對我們而言，就

像個奇蹟般的驚嘆號，而我相信，這個驚嘆號會永遠停留在我們心裡。

　　鯨奇走了幾天後，我和小星擔任環保小尖兵，在午休時間到資源回收場做垃圾分類。我走到以前擺放救援池的地方，突然發現地上有一塊很像石板片的東西，我撿起來仔細一看，嚇了一大跳！它正是海龜爺爺交給我的那塊下方尖尖的石板片，也就是我的「金斧頭」。

　　身旁的小星一看，立刻說：「我知道！那是小抹香鯨的牙齒，我的課後班老師曾經給我們看過圖片，就是長這樣！」

　　「原來『金斧頭』是鯨奇的牙齒，那真的不是一場夢！」我在心底吶喊著。

　　「這應該是前幾天小抹香鯨脫落

的牙齒！」小星肯定的說。

後來我們決定把它交給老師，老師說她會轉交給鯨豚保育協會。

鯨奇走後，老師還舉辦了一個替小抹香鯨命名的活動，班上的每個同學都為他取了名字，像是「關關」、「彩虹」、「牛仔」、「小不點」、「小幸運」、「小開心」、「小抹茶」、「卡比鯨」、「號角鯨」等等，我們班有二十八個同學，所以鯨奇就有了二十八個名字。

對我而言，鯨奇的名字永遠都會是「鯨奇」。鯨奇，我絕對不會忘記你的！

放學後，我一如往常，走到對面的飲料店去買珍珠堅果奶。

「老闆，請你幫我裝一杯珍珠堅果奶。」

「哇，今天還自備保溫杯呢！」老闆驚喜的說。

「當然囉，和別人約定好的事，就要說到做到！從今天起，我不會再用塑膠杯和塑膠吸管了，那種薄薄的塑膠袋我也不用，出門自備環保袋是必須的啦！」我挺起胸膛，鄭重的說。

「看你個頭小小的，志氣可不小哦！」老闆豎起大拇指誇我。

自備保溫杯真的很好，那些冰塊不再迅速融化，一直到媽媽煮好晚餐時，我都還能喝到冰冰涼涼的堅果奶

呢！當我拿著小湯匙攪拌，看著一顆顆珍珠盡情的旋轉，我想起了那一夜圓圓的月亮。

晚上我坐在書桌前讀書時，書裡的字偶爾還是會跳來跳去，逃離我的視線。不過我相信，只要我耐心讀下去，那些離家出走的字終有一天會浮出紙面，被我看見。

不論如何，重要的是：鯨奇的存在，豐富了我的生命。我將永遠記得我與鯨奇的約定，我與鯨奇的約定，也是與大海的約定。就像小罐子守護那本鑰匙書一樣，我要守護我們的海洋，將鯨奇的故事說給更多的人聽，幫助鯨奇實現他心底的願望。

# 海洋觀測站

大宇

我是大宇。

自從鯨奇走後，

我每天都很努力履行

我們的約定。

上健康課時，老師還告訴我

們好多項節能減碳的方法：

◆ 多吃蔬食，以植物性蛋白取

代動物性蛋白。

◆ 吃當季當地產品。

◆ 少開冷氣，或是設定冷氣溫

度不低於攝氏二十六度。

◆ 隨手關燈。

◆ 少開車，多搭乘大眾交通運

輸工具。

◆ 自備環保袋及餐具。

◆ 舊衣新穿。

◆ 以爬樓梯取代搭電梯。

◆ 支持回收再製的產品。

◆ 種一棵樹。

老師又說：「還有，不吃野生動物。我們人類應該反思如何保護陸地及海洋，還給動物生存的空間，保存生態多樣性，這遠比一味追求經濟成長更加重要。」

聽了老師的一番話，我仔細想想，地球是所有生物的家，我們只有一個地球，為了愛護地球，我還得做出更多的努力！

此時此刻，那一夜在月光下的鯨奇，從我的腦海裡一躍而出，我彷彿在他的眼底，望見點點如漫天星星般的希望。

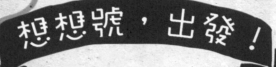

想想號，出發！

【問題與討論】

　　跟著大宇和鯨奇經歷了一連串的海洋冒險，是不是有點意猶未盡，不想下船啊？沒問題！幫各位準備好了讀者專屬的「想想號」，這次換你來當船長，航向思考與探索的旅程。

## 第一站：故事延伸島

1. 如果你是小抹香鯨，並遭遇了意外的擱淺，你會有什麼感受呢？這時你最盼望的事是什麼？

2. 你認為大宇是個怎麼樣的小孩呢？
   為什麼？

3. 海底火山圖書館一共有幾層樓？說
   說看你最喜歡哪一區，為什麼？也
   試著把你喜歡的區域畫在下方吧！

4. 海龜爺爺為什麼要送禮物給大宇？
   這個禮物是什麼呢？

5. 鯨奇為什麼會受傷？他又是為了什麼事而感到心痛呢？

6. 鯨奇心底的願望是什麼？大宇如何幫助鯨奇實現他的願望？

## 第二站：大海博物館

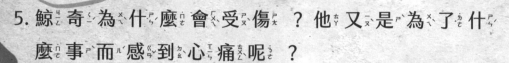

1. 故事中提到了許多海洋生物，其中令你印象深刻的有哪一些？你能說出這些生物的性格與特色嗎？

2. 在第七章節後面的〈海洋觀測站〉有提到：大海非常的生氣，你覺得她是為了什麼事而生氣呢？

3. 你認為鯨魚在海洋中扮演了什麼樣重要的角色，為什麼？

4. 你也能夠幫助鯨奇實現他的願望。如果你可以跟鯨奇有個約定，你想要約定什麼呢？

## 第三站：生態能量站

1. 你如何友善對待周遭的動物呢？

2. 要如何阻止「垃圾島」越變越大？面對那麼多沙灘上及海洋中的垃圾，你可以怎麼做呢？

3. 面對氣候變遷及日益嚴重的地球暖化，你可以採取什麼行動來幫助地球降溫？

4. 2019《時代雜誌》的風雲人物是瑞典氣候少女桑伯格（Greta Thunberg），你知道她為了對抗地球暖化，採取了哪些行動嗎？

　　報告船長！現在「想想號」
　　已經再度充飽能量了，
　　下一站？交由你來開創！

李明珊

　　約十年前，我任教的關渡國小成為臺北市海洋教育資源中心，致力推廣海洋教育，我也因此有機會聽到幾位獻身海洋保育的工作者的演講，如海洋紀錄片創作者羅力、海洋文學作家廖鴻基等等。羅力長年持攝影機在海中工作，他曾語重心長的說：「海洋帶給我寧靜和尊重，看她受到破壞，我覺得我應該要做點什麼。」廖鴻基在《鯨生鯨世》一書中，透過細膩的觀察，體悟到海中生物也有自己獨特的生命進程與主體意識，並對人類自身進行一番省思；他說過這樣一段話：「喜歡牠們，把牠們當成朋友，自然而然就會關心朋友過得好不好、吃飽了沒有，這就是生態意識。」這段話格外觸動我心。

　　當時我擔任學校的閱讀老師，在圖書館中規畫了「海洋書區」，希望孩子能藉由這些書籍，得以跨越時間與空間，親近海洋。一日，校方邀我在海洋日到臺北市中心的某間學校授課，我靜下來細細思量，內心有個聲音告訴我──「愛」才是海洋教育的軸心。孩子們除了親海、知海外，最重要的是能不能將所學化為實際行動，去愛惜海中生物，去保護我們的大海母親才是！於是我寫了一份教案，藉由繪本《小海螺與大鯨魚》揭露近年來越來越多鯨魚遭受擱淺的困境，並引導孩子進行對話與討論，嘗試提出解決問題的方案。記憶

中，當我們一起讀到這一段：「瞧，小海螺用他的黏液寫下了幾個字，銀色的字彎彎曲曲，他寫的是：『救救鯨魚！』」我看到幾個孩子們好似紅了眼眶，可見他們的心是如此柔軟而慈愛。

在創作「鯨奇」的故事之時，我試著以不同生命型態的視角來看待這個世界，也希望孩子在讀了這個故事後，能夠一起來關懷我們周遭的人事物。尤其近年來氣候變遷加劇，而畜牧業致使全球近 75% 的伐林及大量溫室氣體的排放，是造成全球暖化的主要元兇之一，所以聯合國在 2019 年指出：以植物為主的飲食是減緩地球暖化的關鍵政策，聯合國氣候變化報告的專家同時呼籲人們考慮改變飲食習慣，從吃肉為主轉變為蔬食為主。我也常教育孩子們多採取減塑行動、節能減碳，並發揮愛心，愛護動物的生命。這地球上的所有生靈皆是一個整體，身而為人，我們為何不能學習以大海那樣廣袤無垠的心，來像善待好友般善待動物呢？

有諸多的實例告訴我們，自認為聰明的人類早該承認動物也擁有自己的情感及心智的事實了。有關鯨魚大腦的研究指出，鯨魚有能力感知情緒；也有研究鯨魚的保育人士指出，牠們很了解也十分同情人類的生活環境以及我們內心的掙扎、我們的無知，還有由於無知所做出的事。和鯨魚在一起，

就像和地球上偉大的神聖造物同在。

　　然而近年仍有少數國家捕殺鯨魚。日本最近重啟捕鯨事業，大型漁船靠近射殺，鯨魚鮮血染紅大海；挪威甚至連懷孕的母鯨都加以捕殺，其殘酷行徑使人心碎。海洋生物學家最近發現，鯨魚，尤其是體形大的鯨魚，能從大氣中捕獲大量的碳，是減緩氣候危機的天然神器。令人遺憾的是，經過數十年的工業化捕鯨，生物學家估計，如今鯨魚總數量不到以前的四分之一。另外，人類為了牟取商業利益，以極不人道的方式大量飼養動物，使牠們終日被關在狹小的空間中，連轉身的餘地都沒有。可憐失去自由的動物們，連死都不能好好死，還要面臨屠宰場殘忍的宰殺，令人悲慟。

　　不知你是否與我有相同的經驗？在微雨的清晨走出家門，赫然發現一隻可愛的花貓從溼潤的樹叢中跳了出來，牠用好奇的眼光打量著你，你突然有一種被療癒的感覺，然而牠旋即離去，你悵然若失。或是你曾養過一隻忠心的土狗，牠會在你悲傷的時候靠近你，對你搖尾巴，對你輕叫幾聲，撫慰你受傷的靈魂。動物何辜？請容我在此書中替動物們發聲。

　　此書能順利付梓，我要感謝任重道遠的三民書局，誠摯的邀約並用心策劃出版這本書；感謝我的編輯，提供中肯的

建議，協助孕育這本書；感謝來到學校的小抹香鯨，牠是大海中的一點光，因為牠的愛，我才會寫下這個故事。寫作如蒸餾自我的過程，迷霧飄散後，凝鍊出一點一滴的純粹，未必輕鬆，卻是一趟美好且值得的旅程。旅途中，我探索著海洋與心靈，覺得自己如四處奔波的信使，在交織的命運中傳遞著某些訊息（在寫章節後面的〈海洋觀測站〉時，我必須搜集一些相關資料，即使這之中有許多我們不願意，卻必須面對的真相）。最後，我要感謝撥冗閱讀此書的讀者們，你們的同理心與想像力延展出一條悠遠的道路，而路的盡頭是另一個宇宙。在此致上最真誠的敬意與祝福。

2020 年 8 月

「鯨奇」救援實錄
（陳建榮老師／攝影）

# 奇幻與科普之間：談李明珊的《航向鯨奇島》

杜明城｜國立臺東大學兒文所教授

　　在兒童文學的創作中，科普讀物是相對冷門的領域，能朗朗上口的作家作品可謂寥寥可數。我們再怎麼說科學與文學不相抵觸，但通常擅於搖筆桿的不懂科學，而精通某類科學，又能將其化為文學語言者更是鳳毛麟角了。這也就是為什麼青少年小說家人才輩出，但世所稱道的科普文學家卻永遠只是布封、法布爾、勞倫茲、杜瑞爾……無論作者如何妙筆生花，科普讀物終歸是一種紀實性文學，與不那麼著重科學精確的奇幻小說大體上是背道而馳的。要把這兩類似乎水火不容的創作冶於一爐，不但需要不凡的膽識，更有待過人的想像。而李明珊的《航向鯨奇島》所代表的正是這艱難的文學嘗試。

　　故事始於精神分析所謂的「夢日」，一樁經新聞媒體披露的小抹香鯨事件，形成主角大宇夢境的材料，也成為作者長期關切鯨魚生態並躬逢其盛的創作題材。曾榮獲九歌現代少兒文學獎首獎的作者，一開始就不改作家本色，不著痕跡的勾畫出一個不愛上學，上課喜歡任由思緒天馬行空，因此常被「罰站反省」的男孩。「像今天，我在路上低著頭……我的

影子就變成了一隻小烏龜！」作者鋪這個梗，當然是為了呼應孩子在小抹香鯨出現後對上學的熱切。老師設計的遊戲活動，預告了鯨魚的苦難，日有所思，大宇夜裡化身為船長，進入覓鯨的冒險。

「海底火山圖書館」是很別開生面的譬喻手法，形形色色的海洋生物即是種類紛繁的「書」，作者趁勢讓科普知識登場。比目魚的眼睛為何是這般模樣？為什麼牠又稱為「海底變色龍」？海蝸牛用「像翅膀一樣的腳游泳」，水滴魚「長相跟人臉有點相似……又叫做憂傷魚。」，而管眼魚「頭部外面的那兩顆不是眼睛，裡頭那兩顆綠綠圓圓的才是……很多魚都靠自己發光。」大宇在海裡邂逅水母「紫色罐子」，又把情節推向理解海洋生態的「關鍵之書」，這又是推理小說的筆法了，懸疑要待近終章時揭曉。老海龜的出現不但是基於情節的需要，指點大宇「鯨魚島」的去向，也傳達了海龜回到沙灘產卵機率微薄的生存法則，更進一步的指控，玳瑁因為色澤華美，遭逢懷璧其罪的悲慘命運。

作者在每章結尾設計了「海洋觀測站」的橋段，前後出場的有小抹香鯨、抹香鯨、海底溫泉、小飛象章魚、海底火山、玳瑁、大海、小頭鼠海豚等等。這種筆法有如戲劇的旁白，補充了情節主線不及交代之處，同時也傳達了作者的環

境倫理訴求，但其主要功能乃是知識面向的。譬如，讀者會不經意的知道綠島海底溫泉與日本、義大利的溫泉舉世並稱；抹香鯨與小抹香鯨是不同的物種；小頭鼠海豚已經瀕臨絕種；海底火山說明了水火同源；「太平洋垃圾帶」所形成的雲狀漩渦是臺灣土地面積的四十四倍大！小抹香鯨以圖書館館長的智者形象作為尾聲再度現身，總結了這海洋中最神聖、有智慧的動物對於地球存亡的意義，他們記憶地球的歷史，即使「鯨落」，也仍在造福海底眾生。而大宇的夢境就在這篇宣言後來到尾聲。

　　一樁小抹香鯨擱淺的真實事件讓主角展開一場海洋生態之旅，在無意識的作用下接受環境倫理的啟蒙，並與鯨魚立下環保公約。通篇至尾，作者的創作意圖都是形諸筆墨的，也就是環境倫理的實踐。然而回歸我們一開始揭櫫的文學議題，我們當如何評價李明珊的創作實驗呢？從環境教育的立場，作者無疑藉著當代科學資訊，以情節或是海洋觀測站的形式傳達了溢於言表的關切，達到教育的顯性功能應無疑義。情節服膺於理念的結果，是否也折損了一流作品應有的含蓄呢？這是見仁見智的。但可以肯定的是，作者完成了一項大膽的創作實驗，在情節想像與人物敘寫上都展現了細膩的筆觸。以故事涵蓋議題，就教育所欲達成的目的而言，已經遠遠超越平板的知識傳播與僵硬的道德灌輸，很值得品嘗。

林淑華｜臺北市關渡國小校長

　　很開心得知明珊老師繼兒童小說《飛鞋》之後，第二本著作《航向鯨奇島》誕生的消息。這個故事源自 2017 年 3 月我們關渡國小校園裡出現小抹香鯨的往事。小抹香鯨擱淺在新北市金山的沙灘，中華鯨豚協會緊急與我校合作，在校內設立救護復健站，日夜不休地與志工展開緊急救護計畫。全校的師生和本書中的「鯨奇」一起經歷了這場海洋及生命教育的洗禮，我很敬佩明珊老師讓這個美好且充滿愛的故事透過文字流傳下去。

　　2008 年，臺北市海洋教育資源中心始設立於我們這所位在臺北市最西北也最靠近淡水河口的關渡國小，本著「親海」、「知海」，更要「愛海」的信念，我們自此與海洋交織出許多美好的故事。在《航向鯨奇島》一書中出場的小抹香鯨「鯨奇」來到關渡國小之後，同年 6 月份，另一隻糙齒海豚也來到本校，我們仍與中華鯨豚協會全力救護，只可惜其傷重難挽；值得一提的是，這隻海豚的部分傷勢來自大海遭受人為垃圾汙染的因子，與本書故事情節遙相呼應。明珊老師從冒險故事延伸到因人類的貪婪濫捕而歷經浩劫的海洋環境，進而點出減塑、減碳、蔬食的生活方向，用心至深。這本書是她獻給海洋的愛的禮物，也期許一同分享這份禮物的我們，投入更多的行動，展現支持地球生態永續發展的決心。

　　相當榮幸能與明珊老師相遇在以發展海洋教育為特色的關渡國小，更開心因而有機會感受到深藏在她文字中，對教育的愛與熱情！我想在此恭喜明珊老師的新書出版，也替身為讀者的我們感到幸運，得以飽嘗一本好書的養分，並且享受字裡行間濃濃的海洋風情。

2020 年 11 月

★ 韓國國立兒少圖書館、慶南讀書
　大院推薦圖書

★ 2018 韓國市民票選年度圖書入圍

★ 韓國 Yes24 網路書店 9.5 顆星
　高評價、連續四週兒文類銷售
　top20

針對國小中低年級學童
打造圖文並茂的生動讀本

※ 隨書附贈美食地圖折價券書衣

# 不讀書一家與書食餐廳

金遊／文　俞庚和／圖　賴毓棻／譯

**你知道書也有味道嗎？**
**在「美味的書食餐廳」裡，**
**廚師們用新鮮的故事製作出料理。**

快跟著「不讀書先生」、「散漫女士」、可愛的女兒「不讀書」
以及老狗「汪汪先生」一家，來品嘗美味的「書」食料理吧！

**好書愉「閱」推薦**

王怡鳳｜蒲公英閱讀推廣協會總幹事
宋怡慧｜作家、丹鳳高中圖書館主任
編輯小姐 Yuli｜圖文作家
餵鹿吃書｜出版業編輯

# 科普橋梁書系列

**★精心打造的高質量原創科普童書★**

針對國小階段的閱讀需求,將自然知識融入充滿想像力的故事之中。文字流暢童趣,圖畫生動活潑;滿足孩子的閱讀習慣與好奇心之餘,更能作為課堂學習的補充,幫助孩子拓展科學視野、培養科學興趣。

▶ 呼應 108 課綱,培養科學素養最佳夥伴
▶ 激發孩子的科學腦,開拓科學視野
▶ 超專業作者團隊,兒童科普推廣的科學家團隊編創

國家圖書館出版品預行編目資料

航向鯨奇島／李明珊文,袁知芃圖.——初版二刷.——
臺北市：三民，2024
　　面；　公分.——（小書芽）

ISBN 978-957-14-7033-7 （平裝）

863.596　　　　　　　　　　　　　　　109018281

小書芽

# 航向鯨奇島

| 文　　　字 | 李明珊 |
| 繪　　　圖 | 袁知芃 |

| 創 辦 人 | 劉振強 |
| 發 行 人 | 劉仲傑 |
| 出 版 者 | 三民書局股份有限公司 ( 成立於 1953 年) |

三民網路書店
https://www.sanmin.com.tw

| 地　　　址 | 臺北市復興北路 386 號　　（復北門市）　(02)2500–6600 |
| | 臺北市重慶南路一段 61 號 ( 重南門市 )　(02)2361–7511 |
| 出版日期 | 初版一刷 2021 年 1 月 |
| | 初版二刷 2024 年 8 月 |
| 書籍編號 | S859160 |
| I S B N | 978-957-14-7033-7 |